ただ一人「つれづれ」で
いるのが一番いいに
決まっているじゃないか

あらゆる悩み事は
月を眺めることで
なぐさめられる

眠れないほどおもしろい
徒然草

板野博行

三笠書房

はじめに……口の悪さは超一級!?
「ザ・高等遊民」による歴史的おもしろエッセー

『**徒然草**《つれづれぐさ》』を書いた**兼好法師**《けんこうほうし》は、出家前の俗名（本名）は「卜部兼好《うらべかねよし》」と言いました。「吉田兼好」とも言われるのは、卜部氏が後《のち》の時代に吉田家・平野家などに分かれ、江戸時代以降は吉田兼好と通称されるようになったためです。

卜部氏は代々朝廷に仕え、占いを執《と》り行なっていました。兼好法師の父兼顕《かねあき》は京都左京区の吉田神社の神職でしたが、その吉田神社は京都大学の吉田キャンパスのすぐ近く、標高わずか百メートルほどの吉田山（別名神楽岡《かぐらおか》）の西側に今も存在しています。

兼好法師は、鎌倉時代末期から南北朝時代にかけての人で、若き貴族として後二条天皇に仕え、まずまずの出世を重ねます。それが何を思ったか、三十歳前後で突然、出家します。出家の理由はいくつか説がありますが、真相は不明です。名門の吉田神社神官の三男坊に生まれた兼好法師は、いくらか遺産を相続したらしく、出家後は働かずとも困るわけではない日々を送っていました。一種の高等遊民、うらやましい境遇です。

その遁世《とんせい》中に『徒然草』を書くわけですが、兼好法師はずっと京都にいて静かに隠遁《いんとん》生活を送っていたわけではなく、遠く鎌倉に出向いたり、今の大阪市阿倍野区にある正圓寺《しょうえんじ》の境内《けいだい》で庵《いおり》を結んだりと、意外にあちこち移動しています。

兼好法師が亡くなるのは七十歳ぐらいなので、三十歳からの約四十年に及ぶ隠遁生活は、さぞかし暇《ひま》を持て余した「つれづれなる」生活だったことでしょう。

この本では、兼好法師がつれづれなるままに書いたエッセーを六つの章に分けてまとめてみました。序段から二百四十三段までの流れを縦軸とするならば、兼好法師の思索を内容的にまとめてみるのは横軸での捉《とら》え方になると思います。

『徒然草』は、清少納言《せいしょうなごん》の『枕草子《まくらのそうし》』、鴨長明《かものちょうめい》の『方丈記《ほうじょうき》』と合わせて**三大随筆**

と呼ばれることがありますが、それに対して小林秀雄は次のように異を唱えます。

兼好は誰にも似ていない。よく引き合いに出される長明なぞにはいちばん似ていない。（中略）よく言われる枕草子との類似なぞもほんの見かけだけのことで、あの正確な鋭利な文体は稀有のものだ。

（小林秀雄『無常という事』の中の「徒然草」）

さらに、**兼好法師の存在は「空前の批評家の魂が出現した文学史上の大きな事件なのである。ぼくは絶後とさえ言いたい」**とまで書いています。

皆さんはどう思われますか？　本書をお読みになって、小林秀雄の意見の是非を判断してみてください。

板野博行

もくじ

2章
「煩悩」とのつきあい方、教えます
——「冴えわたる皮肉」と「上から目線のアドバイス」

3章

「処世のコツ」を大放談！
——さすが海千山千！「説教好き」は筋金入り？

4章

「無常観」「あはれの美学」について語ろう

――「隠遁者の哲学」か、「ひねくれ者の戯言」か

5章

「住まい」「社交」にも一家言！
——この世は「仮の宿り」のはずなのに……

6章

「道」を極めたいなら、こんなふうに
――これが兼好法師の説く「プロ論」！

本文イラストレーション　朝野ペコ

1章

つれづれなるままに、やりたい放題

——出家した身ながら「男女の機微」に精通？

あの「一分の隙もない超名文」にカンニング疑惑!?

つれづれなるままに、日くらし硯《すずり》にむかひて、心にうつりゆくよしなし事を、そこはかとなく書きつくれば、あやしうこそものぐるほしけれ。

このあまりに有名な『徒然草』の序段の文章は、教科書などにも採用されているので、見覚えのある方も多いでしょう。この序段は**一分《いちぶ》の隙《すき》もない超名文**ですが、実はカンニングのあと（笑）が見られます。

兼好法師より三百年ほど前の西暦千年頃に活躍した和泉《いずみ》式部《しきぶ》の『宸翰本《しんかんぼん》和泉式

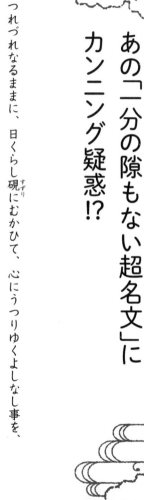

部集』の歌の詞書《ことばがき》に、次のような文章があります。

つれづれなりし折、よしなしごとにおぼえし事、世《よ》の中にあらまほしきこと。

また、『和泉式部集・和泉式部続集』に見える歌の詞書は次の通りです。

いとつれづれなる夕暮れに、端《はし》に臥《ふ》して、前なる前栽《せんざい》どもを、唯《ただ》に見るよりはとて、物に書きつけたれば、いとあやしうこそ見ゆれ。

他にも似たような文章が、『堤中納言物語《つつみちゅうなごんものがたり》』や『讃岐典侍日記《さぬきのすけにっき》』にも見られ、「つれづれなり」「よしなしごと」「書きつけたれば」「あやしうこそ」などが序段の文章と被《かぶ》っているのがわかります。

兼好法師は神官の息子であり、歌人でもあったので、和泉式部やこれらの物語・日記の類を手に入れて読んでいたと考えるほうが自然でしょう。

和歌には「本歌取《ほんかどり》」という技法があります。有名な古歌（本歌）の一部を取り入れて自作の歌を作るという方法です。

「本歌取」は、誰もが知っている本歌を背景とし、自らの表現を重ねることで歌の深みを増すという効果があるのですが、『徒然草』序段が名文となったのは、それと同じように、和泉式部などを始めとした古典の名文を下敷きにした「本文取」だからでしょう。

「つれづれわぶる身分」という超・贅沢

さて、「つれづれなるままに」書きだした『徒然草』ですが、第七十五段で再び「つれづれ」が出てきます。

つれづれわぶる人は、いかなる心ならん。まぎるるかたなく、ただひとりあるのみこそよけれ。

「つれづれ」を寂しいと思い悩む人はいったい何を考えているのだろうか？　と兼好法師は疑問を呈します。

古語の「つれづれ」は、「手持ち無沙汰《ぶさた》。所在ないさま」と口語訳されることがありますが、**兼好法師の言う「つれづれ」は、単に暇を持て余した状態ではなく、心を安定させ、静かに悟りの境地に至る幸福な状態**です。

だから、誰にも邪魔されないで、ただ一人「つれづれ」でいるのが一番いいに決まっているじゃないか、というのです。

兼好法師に言わせると、こういうことです。

世間は俗にまみれているし、人との交際ではご機嫌うかがいで本音なんて言えません。しまいには物の奪い合いをして情緒不安定になり、損得勘定に悩まされる日々……。そんな無駄な人生を送るより、世俗を離れて心身ともに安らかに暮らすこと、それこそが楽しみだ、と。

言われてみれば、確かにその通りです。

ただ、俗にまみれながら生きていかざるを得ないのが、多くの人の現実というもの……。兼好法師は結婚もせず、子供もいない身軽な人生を生きたわけですが、なかなかそうした環境や身分の人は多くありません。

兼好法師のように高等遊民として「つれづれわぶる」身分になってみたいというのが現代に生きる多くの人の本音かもしれませんね。


「つれづれ」は、ただの手持ち無沙汰ではない。

己の心を静かに見つめ、悟りに至る至福の時間なのだ。

「寂しく独り寝」をした経験もない男など野暮天だ

兼好法師は第三段で、**「すべてにおいて優れていても、恋愛の情趣《じょうしゅ》をたしなまないような男は物足りないものだ」**と書いています。

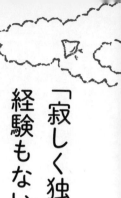

よろづにいみじくとも、色好まざらん男《おのこ》は、いとさうざうしく、玉の卮《さかづき》の当《そこ》なき心地ぞすべき。

今と違って、電話もネットもない時代です。七百年前の男性は、愛する女性ができても、気軽に連絡など取れるはずもなく、声が聞きたいと思ってもかなわず、彼女のことを想っては夜中にあてどなくさまよい、そのうえ夜露や霜《しも》に濡《ぬ》れて、もう泣きっ面に蜂です。

身分が違えば、その恋は親からも世間からも反対されます。でも、恋する男の耳にはそんなものは届きません。彼女を想っては、寂しく独《ひと》り寝をする日々を送ります。

出家後に独白！「過ぎ去った恋」への哀憐

兼好法師が真実の恋をしたと告白している段があります。

第二十六段は、はかなく、感動的な段です。

まだ、兼好法師が出家する前のこと。兼好法師は卜部兼好の名で宮中に出仕する若き貴族でした。

風が吹くか吹かないうちに早くも散ってしまう花のように移ろいやすいのが、人の心というものです。若き兼好もまた揺れ動く心のままに生き、ある女性を好きになりました。

その時、大好きだった人からもらった心にしみる言葉の一つひとつは、今も忘れられません。でも出家してしまった以上、二人はお互いに遠い世界の人。それは、死に別れるよりも悲しいものです。

だから、白い糸を見ると「どんな色に染まっていくのだろう」と人の心の移ろいやすさを悲しみ、道の分かれ目を見ては「これがついの別れになるに違いない」と嘆いた人があったというのも、もっともなことだと兼好法師は語ります。

さらに、堀川天皇に進呈された和歌の中に、

むかし見し　妹《いも》が墻根《かきね》は　荒れにけり
つばなまじりの　菫《すみれ》のみして

＝昔逢っていた恋人の家の垣根の下の土は、いつか荒れ果ててしまった。今は

茅草《ちがや》の茂る中に、わずかにすみれが咲くだけになっている。

という歌があったことに触れています。
この歌を詠《よ》んだ人は、本当に寂しい景色を見たのでしょう。
失った恋を想い、放心する姿が目に浮かびます。そしてこの歌に、兼好法師は
かつて好きだった人を思い出すのです。

第二十九段で、兼好法師は孤独と寂しさを吐き出します。

しづかに思へば、よろづに過ぎにしかたの恋しさのみぞせんかたなき。

――しんしんと更《ふ》け行く夜のしじまの中、心静かにしていると、過ぎ去った昔
に対する恋しさばかりが募《つの》る。それはどうにも止めようがない。
亡くなった人の書いた書や絵などを見つけて往時を思い出し、故人の使ってい

た道具を見ては涙する……。

広い宇宙の中に一人ぼっちで放り出されたような孤独を兼好法師はただじっと耐え、文を綴《つづ》りました。**この世は「無常」、そして「あはれなり」**と。

何百年もの間『徒然草』が読み継がれてきた秘密は、どうやらこのあたりにありそうです。

恋愛の情趣をたしなまないような男は物足りないものだ。
そして過ぎ去った昔の恋愛を思い出して、一人静かに涙しないようではダメだ。

「逢いたいのに、逢えない」――だから、しびれるのさ

第二百四十段は**「つらい恋のススメ」**です。
男にとって恋愛というのは、さまざまな障害を突破してこそ本物になる、と兼好法師は言います。

――逢いたくても逢えない関係の中、人目を忍び、暗闇にまぎれ、女を守る見張りを突破し、必死に恋人のもとへと馳《は》せ参じてこそ、男の恋心は本物になり、女との逢瀬《おうせ》の記憶が忘れられない想い出に昇華するのだ。

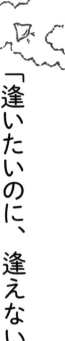

反対に、二人の関係が親兄弟公認で誰にも邪魔されず、そのまま女と結婚して面倒をみるなどというのは、ひどくきまりが悪いだけのもの。

ましてお金目当てで、親子ほど年の離れた老法師や賤《いや》しい田舎者と結婚する娘さんがいると聞くが、なんとくだらないことだろう。

それを世話する仲人もウソつきで、「大変お似合いですよ」などと言いくるめて結婚させてしまうのは、悪い冗談としか思えない。だいたいこの二人が結婚したあと、どんな話をするというのだ。

それに比べて、なかなか逢えずつらく悲しい日々を過ごし、障害を乗り越えてやっとのことで無事に結ばれたあと、「あの時は大変だったね」と二人で語り合うようになってこそ、夫婦の話も尽きないものだろう。

梅の花かうばしき夜《よ》の朧月《おぼろづき》にたたずみ、御垣《みかき》が原《はら》の露分け出でん有明の空も、わが身さまに偲《しの》ばるべくもなからん人は、ただ色好まざらんにはしかじ。

――梅の花の匂いのよい夜、朧月の光の下、恋人を求めて佇《たたず》み、恋人の家から帰ろうと垣根の露を分けて外に出た時に見た夜明けの空の景色などを、自分の身の上に思い出せないような男は、恋愛などしてはいけないのだ。

……**兼好法師のロマンチストぶりが発揮された段**です。

実体験!?　「世間体をはばかる女」との逢瀬

第百四段で描かれる恋愛は、男も女も物のわかった大人です。それだけに、哀しさはいっそう積もります。

人里離れた荒れた家に、世間体をはばからなければならない境遇の女性がいて、つれづれに身を任せたまま引き籠《こも》っていました。

荒れたる宿の、人目なきに、女のはばかる事あるころにて、つれづれと籠り居たるを、さらっと書いてありますが、いったいこの女性はどうして「世間体をはばからなければならない境遇」になったのでしょう。そして、どれほどその境遇をかこちながら「つれづれと」引き籠っていたのでしょう。

そんな女性のもとに、ある男がお見舞いに訪れます。これは果たして兼好法師でしょうか。想像は膨《ふく》らみます。

その夜は夕月が頼りなさそうに浮かぶほの暗い夜で、男は人目を避けて訪ねました。ところが、犬が「ワンワン」と大きな声で吠えたのでびっくりです。その鳴き声を聞きつけて出てきた召使いの女に、取次ぎを頼んで中に入りました。

邸内はもの寂しい様子で、「どんなふうに日々を過ごしているのだろう」と思うと、男の胸は張り裂けそうになります。

粗末な廊下にしばらく立っていると、落ち着いた中にも若々しい声がして「こちらにどうぞ」と言うので、小さな引き戸を開けて家の中に入りました。

家の中はそれほど荒れ果ててはおらず、奥ゆかしさがありました。薄明かりの中に見える家具も美しく、香の薫りに心地いい親しみを感じます。

さて、部屋で二人で向き合い、最近のことなどをいろいろと話しているうちに、あっという間に時が過ぎ、一番鶏《どり》が鳴いてしまいました。それでも飽き足らず、過去や未来について心の込もった話をしていると、鶏《にわとり》がいよいよにぎやかに鳴き始めました。男は「もうすっかり夜が明けただろうか」と思ったものの、夜中のうちに人目を避けて帰らなければならないわけでもないので、しばらくゆっくりしていました。

ですが、やがて戸の隙間から朝日が差し込んできて、さすがに男は重い腰を上げます。それでも、帰り際に、女に忘れられないような一言（なんて言ったのか気になりますね）を残しました。

その帰りに見た女の家の木々の梢《こずえ》や庭の草木は、青々と一面に茂っていて美しく、その優美な四月の明け方の景色を、男はたびたび思い出します。

今でも、女の住んでいたあたりを通り過ぎる時には、女の家にある大きな桂の木が見えなくなるまで、男は振り返って見つめ続けているということです。

桂の木の大きなるが隠るるまで、今も見送り給ふとぞ。

この第百四段は、ぼかして書かれていますが兼好法師の実体験でしょう。出家したあとしばらくして、兼好法師はかつて好きだった女性を訪ねます。彼女は変わらず美しく、いや、前よりいっそう魅力的でした。

話は尽きず、一夜限りの逢瀬では時間が足りない……でも夜が明ければ帰るしかなく、後ろ髪引かれる思いで彼女の家をあとにした兼好法師。

きっと、もう二度と逢うことはない。

時よ止まれ……。

そう真剣に願い、涙を流したその明け方の景色の美しさを、兼好法師は一生忘れることはなかったでしょう。

男女は障害を乗り越えて結ばれてこそ、本物だ。
恋人の元を去る時に見た空を思い出せないような男は、恋愛などしてはいけない。

「雪月花の時最も君を憶ふ」なんて、言えなかった……

兼好法師は出家した身ということもあり、**色欲に対しても女性に対しても厳しい意見を持つ独身主義者**。となれば、さぞや堅物で色恋沙汰などなかったのだろうと思われるのですが、『徒然草』の中には、いくつか恋愛を示唆するような話が残されています。第三十一段はこんな話です。

——雪が趣《おもむき》深く降り積もった朝、ある人にお願いがあって手紙を書いた。その時、雪のことは触れず用件だけ書いて送ったところ、その人から来た返事

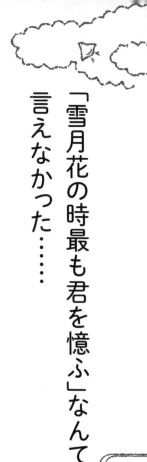

には、**『今朝の雪をあなたはどう思われましたか？』と、一言添える風雅さもない方のお願いなんて、私は聞く耳持ちませんよ。本当に無風流な方ですね」**とあった。なんと面白く、興味深いことだろう。

自分の無風流さをチクリと刺す返事をもらっても、余裕を持って面白がることができるのは、その前提に信頼関係があってこそのことでしょう。

当時、貴族の教養として愛読された『和漢朗詠集《わかんろうえいしゅう》』という詩や和歌のアンソロジーの中に、こんな一節があります。

雪月花《せつげつか》の時最も君を憶《おも》ふ

これは、白居易《はくきょい》（白楽天《はくらくてん》）の詩「寄殷協律《いんきょうりつによす》」の中の一句です。

第三十一段の話で兼好法師が手紙を送った相手は恐らく女性であり、その女性は兼好法師のことを憎からず想っていたのでしょう。

趣深く雪が降り積もった朝に、気になる男から届いた手紙。きっと、白居易の詩「寄殷協律」の中の「雪月花の時最も君を憶ふ」を踏まえた一言なり、風流な和歌が添えられているに違いない。ドキドキしながら開けてみる……。ところが、ただの用件を並べただけの手紙です。ガッカリ。そこで、ちょっと意地悪な返事をしてみたくなります。

……そんな女性の気持ちは十二分にわかります。

この段の最後には、すでにその女性は亡くなっている、と書き添えられているところから、兼好法師の出家前、若き貴族時代のエピソードなのかもしれません。

兼好法師は、この女性とのやり取りを「忘れがたし」と書いています。**はかないながらも、ほのかに甘い恋の物語**です。

「文才あるエリート」だった若き頃の思い出？

それに続く第三十二段は有名な段です。あらすじをご紹介しましょう。

――中秋《ちゅうしゅう》の名月が過ぎた頃のある夜、ある人のお誘いを受けて二人で月を眺めながら散歩に出かけた。途中、その人がある家を訪ねて入って行ったので、私は外で待っていることにした。

その家の様子を見ると、露にまみれた庭は一見荒れているようでいて、わざとらしくない焚《た》き物の匂いがしんみりと漂っている。そうした中、ひっそりと隠遁している様子は、感慨深いものだ。

その人は手短に訪問をすませてきたけれど、その家の様子があまりにも素敵で気になったので、物陰からしばらく様子をうかがうことにした。

するとその家の女主人が出てきた。彼女は、開き戸を少し開けて、月を見ている。

お客が帰ってすぐに家の中に引っ込んでしまったならば、私は残念な気持ちになっただろう。

やがてかけこもらましかば、口惜《くちお》しからまし。

この女主人は、自分の後ろ姿を見る人がいることなど知るはずもないのだから、こういう風情あるふるまいは、平素の心がけから滲《にじ》み出るものだろう。残念ながら、その人は、ほどなく死んでしまったそうだ。

最初に紹介した第三十一段の最後が、「今はなき人なれば、かばかりの事もわすれがたし」となっているので、連続する二段で兼好法師は過去の思い出話をしています。

亡くなった人が同一人物かそうでないか、そして兼好法師との間に何かしら恋愛関係があったのかそうでないか、確かなことは何もわかりません。

ただ、兼好法師は、二十代の頃、六位の蔵人《くろうど》、五位の左《さ》兵衛佐《ひょうえのすけ》、と出世街道をまっしぐらに突き進んでいました。**文才のあるエリート**ですから、ずいぶんモテたでしょう。バレンタインデーのチョコならぬ、プレゼント付きのラブレターをたくさんもらったはずです（笑）。

『徒然草』には、ボカしているものの、**兼好法師の若かりし頃の恋愛談**だと思われるものがいくつかあります。そのあたりは想像力を膨らませて、読者として楽しく読ませてもらうことにしましょう。

お客が帰ったあと、月を眺めている女性はなんて風流なのだ。
今は亡きその女性のことを思い出しては胸が痛む。

「気になる人を覗き見」も、時にはアリ？

出家して隠遁生活を送っているはずの兼好法師。暇だったのか、**今なら覗《のぞ》きやストーカー行為**で警察に逮捕されかねないような行動をたくさんとっています。

第四十三段では、うららかな春の日に気分よく散歩していた兼好法師が、なかなか品のある家を見つけて「覗き」を敢行します。

庭に不法侵入した兼好法師は、東側の戸が少し開いていたので、そこから家の中を覗いてみました。すると、**まだ若き二十歳くらいのハンサムボーイがくつろ**

いでいる姿を発見します。

何をしているのかと思ってよく見ると、心奪われた様子で机の上の本を読みふけっているようです。なんと優雅で風情ある姿なのか……どういう身分のお方だったのか尋ねてみたかった、と兼好法師は記します。

うーん、立派な覗き行為ですよ、兼好法師。

“由緒ありげな若い男”をストーキング!?

続く四十四段では、**兼好法師はいよいよストーカーになります**。

ある秋の夜、月明かりの下、若い男が由緒ありげな様子で召使いを連れて家を出ます。第四十三段の男でしょうか?

興味を持った兼好法師は、彼について行きます……日頃から張っていたのでしょうか?

若い男は美しい調べの笛を吹きながら、田んぼのあぜ道をひたすら進みます。

兼好法師は、その姿に魅入られながら、行き先を知りたくてストーカーを続けます。

行かん方《かた》知らまほしくて、見おくりつつ行けば、

若い男は笛を吹きながら、ある邸宅に入って行きました。兼好法師は当たり前のように不法侵入したうえ、覗き見です。

その邸宅では、どうやら今日は法事が行なわれるようで、僧侶が来ていて、忙しそうに女房たちが渡り廊下を行き来しているのが見えました。

風に乗って漂ってくる香りに、なんとも風情があります。誰も見ていないはずの山里なのに、気配り十分、都の風情に負けない情趣豊かな様子に、ストーカー兼好法師は露に濡れつつ感心しきりです（実際の兼好法師の姿を想像すると、ちょっと笑える図ですね）。

また第百五段では、兼好法師は**デート中の男女を覗き見**しています。

ある寒い冬の日、雪が降って地面が凍り付いた夜明け時に、人気のない御堂の廊下で身分の高い男女が密会しているのを兼好法師は発見します。

時刻は朝の五時か六時です。いったい兼好法師はこんな時間に何をしているのでしょうか？

月明かりに照らされた二人の様子を遠くからうかがう兼好法師。

ただの人ではないと見受けられる男性、一方の女性はとても美しく、なんともよい香りが漂ってくるのが趣深い。そして、話の内容がちらっちらっと聞こえてくるのもなんとも心惹《ひ》かれるものです。

……あっ、女性が「寒いわ」と言ったようです。それを聞いた男性が女性の肩を抱き寄せた……なんて実況している場合でしょうか、兼好法師。

見つかったら警察に通報されますよ。

「いやいや、私は、あくまでつれづれなるまま気の向くまま散歩しているだけで、その折たまたま見かけた男女があまりに美しく優雅なものだから興味がひかれ……ちょっと覗き見したり、あとを付けたりしているかもしれないが……これもすべて後世に伝えるべき風雅の道に通じる大切なこと、名文を遺《のこ》したことで許していただきたい」

……以上、兼好法師の言い訳でした。

月明かりの下、教養ある男女の優雅なデートは趣深いものだ。
他人事とはわかっていても、思わずストーカーしてしまう。

「月夜の晩」にそぞろ歩くのって、いいね！

兼好法師は四十年にも及ぶ、長きにわたった隠遁生活中、夜行性の生活を送っていたようです。そんな兼好法師ですから、「夜」を褒《ほ》めちぎります。

第百九十一段で、「夜になると暗くなるので物の見栄えがしない」という人がいるが、もののわかっていない情けない人だなぁ、とため息をついています。

「夜《よ》に入《い》りて物のはえなし」といふ人、いと口惜し。

兼好法師によれば、夜はいいことだらけです。

・さまざまな物のきらめきや飾り、色合いなども、夜は特に素晴らしく見える。

・燈火《とうか》に照らされて人の容姿はいっそう美しくなり、暗闇の中で聞こえてくる話し声にも心遣いを感じられ、その思いやりが身に染みてくる。

・薫りも、楽器の音も、夜になると一段とよく感じられる。

そんな「夜行性」の兼好法師は、**夜にうろうろ、いや夜の散歩を無上の喜びとしていた**ようです。そして特に好んだのが月を見ることでした。

「配所の月を、罪なく見たい」に萌え～♡

第五段で、源 中納言顕基《みなもとのちゅうなごんあきもと》が**「配所《はいしょ》の月を、罪なく見たい」**と言ったことに対して兼好法師は、深く共感しています。「配所」というのは罪を得て流された土地、流罪《るざい》の地のことです。

この顕基は平安時代中期の人で、仕えていた後一条天皇が崩御した際に、「忠臣二君に仕えず」として出家してしまったという逸話が『十訓抄《じっきんしょう》』に見えます。なかなか立派な人物だったようです。顕基の言葉は、「配所の月」と省略され、慣用表現として用いられるようになりました。

その意味は、「俗世を断って隠遁生活するのに、流罪の身としてではなく、罪のない身で、配所のような閑寂《かんじゃく》な地で月を眺めれば、わびしさの中にも深い情趣があるであろうということ。つまり、俗世を離れて風流な趣を楽しむこと」です。「もののあはれ」を味わうために「罪なくして配所の月を見る」という境遇を理想とするのは、隠者文学の極致のように思いますが、兼好法師にとって「つれづれ」を慰《なぐさ》めてくれる友として、月は最高のものだったのでしょう。

月といえば、兼好法師は第二十一段で、「あらゆる悩み事は、月を眺めることで慰められるものだ」と書いています。

よろづのことは、月見るにこそ慰むものなれ。

そして兼好法師が最も愛した月は「秋の月」です。第二百十二段で、秋の月を絶賛します。

秋の月は、かぎりなくめでたきものなり。

「秋の月は、このうえなく素晴らしいものである。いつだって月はこんなものだと思って、秋の月のよさを他の季節の月と識別しないような人は、まったくもって情けないことである」と断じています。

また第二百三十九段で、「八月十五日と九月十三日の月は、曇りなくはっきり見えると言い伝えられているので、月を賞美するのにいい夜だ」と、日を指定してまで美しい秋の月を愛《め》でることに熱心な兼好法師です。

このうち陰暦八月十五日は、月見の宴《うたげ》を催し、薄《すすき》や団子などを備える「中秋《ちゅうしゅう》観月《かんげつ》」と呼ばれる行事を行なっていました。

『徒然草』の中に「月」という語は何十回と出てきますが、そのどれもが兼好法師にとって雅《みやび》なものの象徴であり、つれづれを慰めてくれる友として描かれているのです。

「今でも二十四時間開いている神社やお寺はあると思うので、月の美しい夜に参《さん》詣《けい》、参拝してみてほしい。私の気持ちがわかってもらえるはずだ」


そう言う兼好法師が、第二十四段でオススメの神社を紹介してくれています。

「まず、なんといっても伊勢《いせ》神宮《じんぐう》、これは別格。そして京都では、上賀茂《かみがも》神社、下鴨《しもがも》神社、平野神社、貴船《きふね》神社、吉田神社、大原野《おおはらの》神社、松尾《まつのお》大社、梅宮《うめのみや》大社、奈良の春日《かすが》大社、大神《おおみわ》神社、大阪だと住吉《すみよし》大社もいいな」、だそうです。


すべての煩《わずら》わしいことは、月を見れば慰められるものだ。

特に、秋、そして月の美しい夜に神社やお寺を参拝するのは最高だ。

春秋優劣論——兼好法師が軍配を上げたのは？

日本最古の歌集『万葉集』の時代から、日本では**春と秋とどちらが優れているかを競う「春秋優劣論」**が議論されてきました。

『万葉集』では、額田王《ぬかたのおおきみ》が「秋」に軍配を上げる長歌（巻一、十六）を詠んでいます。「草深い春山より、紅葉を手に取って眺められる秋山のほうをよしとします」と。

『源氏物語』の中では、紫《むらさき》の上《うえ》は「春」、一方、六条御息所《ろくじょうのみやすんどころ》の娘は「秋」を推《お》します。

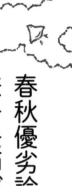

六条御息所の娘がなぜ「秋」を好きなのかというと、それは最愛の母、六条御息所が亡くなった季節だからです。ちなみに六条御息所は光源氏とかつて大恋愛した人です。

六条御息所の娘はその後、冷泉帝《れいぜいてい》に入内《じゅだい》し、女御《にょうご》、中宮《ちゅうぐう》と進んで栄華を極めます。そして、「秋」を好むところから、「秋好中宮《あきこのむのちゅうぐう》」と呼ばれました。

こうして見ると、光源氏を巡る三角関係として、「紫の上VS.六条御息所（の娘）」という図式が、「春VS.秋」に置き換えられた代理戦争の様子を呈していると言えます。

その光源氏は、春もいいし、秋もいいものだ、と優柔不断な言葉を残しています。ただ、『源氏物語』の「朝顔」の巻で、光源氏は、次のように話しています。

四季折々の中では、人々が心動かす花や紅葉の盛りの秋よりも、冬の夜の冷たく冴え渡る月光に、雪が輝き合っている空に、不思議とその白黒の世界が身にしみて、この世の外のことまで次から次へと思われ、趣深さも哀れさも漏れ落ちない季節である。

これが本音だとすると、**光源氏が一番好きだったのは「冬」**ということになりそうです。

ちなみに光源氏の造った壮大な六条院《ろくじょういん》（約二四〇メートル四方）は、四季の町からなっていて、春は紫の上、夏は花散里《はなちるさと》、秋は秋好中宮（里帰り用）、冬は明石《あかしのきみ》の君と割り振られていました。

「無常」だからこそ花鳥風月は美しい

さて、前振りが長くなりすぎました。閑話休題。

兼好法師は第十九段で、「物の情趣は秋が一番」と**秋の素晴らしさを認めつつも、春のほうに軍配を上げています。**

「もののあはれは秋こそまされ」と人ごとにいふめれど、それもさるものにて、今一《ひと》きは心もうきたつものは、春の気色にこそあめれ。

このあと、春のよさから始まって、春夏秋冬の持つそれぞれの季節感を、人間の生活や心情と絡《から》めながら具体的に描き出しています。

たとえば、「鳥の声、日影、花、梅の匂ひ」など春の「物事」に対する「人の心の動き」として、「春めき、のどやかなる、心あわたたしく、恋しう思ひ出《い》でらるる」が対応していきます。

こうした言葉遣いからも、兼好法師がいかに正確な観察眼を持ち、感性の鋭かった人かがわかる段です。

花鳥風月という風流の対象をただ描写するだけでなく、**季節の推移の根底に静かに流れる「無常」**というものをテーマとしているところに兼好法師の真骨頂があります。

途中、秋の説明のところで『源氏物語』や『枕草子』について触れ、自らの文章を、「筆に進むに任せたつまらない慰めごとで、どうせ破り捨ててしまうようなものだから、人が見るものというわけではない」と卑下《ひげ》していますが、いやいや、それは謙遜《けんそん》にもほどがあります。

筆にまかせつつ、あぢきなきすさびにて、かつ破《や》り捨《す》つべき物なれば、人の見るべきにもあらず。

『枕草子』において清少納言は、「春はあけぼの」から始まって、「夏は夜」「秋は夕暮れ」「冬はつとめて（早朝）」と、快刀、乱麻を断つが如《ごと》く感性の赴《おもむ》くままに四季の移ろいをバッサバッサと斬《き》っていきます。

こちらも名文中の名文ですが、兼好法師のほうもそれに負けず劣らずの名文で、流れるような筆致は読む者の心を魅了します。

春夏秋冬のよさを一通り描き出したあと、兼好法師は年末年始の宮中と市中の様子を描写しています。

大晦日《おおみそか》から元旦へと移行するたった一日の変化が、一年という単位の変わり目として大きなものであることを示した、その締めくくりは「あはれなれ」。

……時の移り行くさまは無常迅速《じんそく》、そしてしみじみと感慨深いものです。


「秋」以上に心が浮きたつ季節は、「春」に違いない。

ただし、本当は春と秋との優劣はつけがたいところだ。

コラム

これが「めったにない殊勝な志」というもの

第四十七段で、兼好法師は**ある乳母が自分の育てた若君を心配している話**を書いています。

ある人が清水寺に参詣しようとしていた折、途中で道連れになった老尼《ろうに》が、道々「**くさめ、くさめ**」と何度も何度も言うので、その訳を尋ねます。

老尼が答えて曰《いわ》く、

「比叡山《ひえいざん》で稚児《ちご》となっていらっしゃる若君様が、たった今くしゃみをなさるだろうかと思うと、心配になって『くさめ、くさめ』と言っているのですよ」

聞くところによると、くしゃみをした時、「くさめ、くさめ」というおまじないを言わないと死んでしまうという言い伝えがあるとのことです。

老尼は、自分の育てた大切な若君が、比叡山でくしゃみをしているのではないか、そしてそれがゆえに死んでしまうのではないか、と心配して、若君のために四六時中、呪文を唱えていたのです。

くしゃみをすると、「誰かにうわさされてるんだよ」と言われたことはありませんか。「くしゃみ一回はいいうわさ、二回は悪いうわさ、三回は誰かに惚《ほ》れられた証拠、四回だと『風邪』を引いたんだよ」などとオチを付けてからかうこともあります。

兼好法師の時代、**くしゃみは不吉なもの**とされていました。くしゃみをすると「たまげる」＝「魂消る」、つまり体の中にあった魂が消えて死んでしまうと信じられていたのです。そこで死なないように災いよけの呪文を唱えたそうです。それが「くさめ、くさめ」なのです。

有り難《がた》き志《こころざし》なりけんかし。

一見愚かに見えるこの老尼の所作に対して、兼好法師は一途《いちず》な母性を感じ、「めったにない殊勝な志であったことよ」と賛辞を贈っています。

第百八十四段でも、同じく**母の息子に対する愛情**を讃《たた》えています。鎌倉幕府の第五代執権《しっけん》である北条時頼《ほうじょうときより》の母は、松下禅尼《まつしたのぜんに》という人でした。ある日、息子の時頼を自分の住んでいる家に招くことになった時、古ぼけた障子の破れている箇所を、禅尼自ら小刀を使って切り貼りしていました。準備係を仰せつかっていた禅尼の兄である安達義景《あだちよしかげ》がその姿を見て、「手先が器用な男がいるので、その男に任せましょう」と言ったところ、禅尼は「その男は、私の手際にはとうてい敵《かな》わないでしょう」と言って相手にせず、障子を一コマずつ張り替え続けます。

その男《おのこ》、尼が細工によもまさり侍《はべ》らじ。

このセリフには母としての自負と、深い意味があったのです。

見かねた義景が、「障子を全部張り替えたほうが、ずっと簡単でしょう。このままだと障子がマダラになってしまい、執権をお迎えするには見苦しゅうございませんか」と言います。それに対して禅尼は、毅然《きぜん》としてこう答えます。

「私もあとで綺麗に張り替えるつもりですが、今日だけは、わざとこうしておくのです。**物は破れているところだけを修繕して使うのだと、若い時頼に注意して気づかせるためなのです**」

なんと殊勝なことでしょう、と兼好法師は感嘆します。

世を治めていく道は、倹約することが根本です。天下を統治するほどの人を子として持つ親は、本当に普通の人とは違うものだ、と。

ところで、この話には後日談があります。

北条時頼が出家して、最明寺入道《さいみょうじのにゅうどう》となった頃の話が第二百十五段です。

平宣時朝臣《たいらののぶときあそん》という人が、その最明寺入道から突然夜中に呼び出されました。

「すぐ参ります」と答えたものの、正装が見つからずあたふたしていると、また使いの者が来て、「夜だからどんな服でも構わないから、すぐにおいでください」と言われ、ヨレヨレの服で参上しました。

すると、最明寺入道がお銚子とお猪口《ちょこ》を持って現われて、「この酒を一人で飲むのは寂しく物足りないからお呼びしたのだ。すまないけど台所に行って酒の肴《さかな》がないか探してきてくれないか」とおっしゃいます。

そこで平宣時朝臣が台所を隅々まで探してみると、台所の棚に味噌が少し付いた素焼きの小皿があったので、「こんな物がありました」と持っていくと、最明寺入道は「これで十分だ」とおっしゃって、何杯も飲んで機嫌よく酔っぱらいました。

「事足《ことた》りなん」とて、心よく数献《すこん》に及びて、興《きょう》にいられ侍りき。

夜一人で寂しく飲むより、心通う人と今すぐに美味しいお酒を飲めるならば、つまみなんて「味噌が少し付いた素焼きの小皿」で十分……なんと心豊かな酒宴でしょう。母が伝えたかった「倹約の教え」を理解し、生涯にわたって守った息子、ということですね。

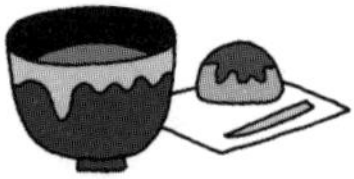

2章

「煩悩」とのつきあい方、教えます

――「冴えわたる皮肉」と「上から目線のアドバイス」

酒飲みは「地獄に落つべし」!?

第一段で兼好法師は、**男は酒くらい飲めたほうがいいのだ**、と高らかに宣言しています。

下戸《げこ》ならぬこそ男《おのこ》はよけれ。

酒好きの男性にとっては、百万の援軍を得た気持ちですが、『徒然草』を読み進んでいくと、そうは問屋《とんや》が卸《おろ》さない事態になってきます。

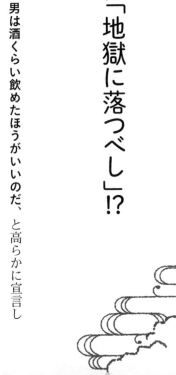

第五十三段では、酒を飲んで大失敗した仁和寺《にんなじ》の法師の話が紹介されています。

仁和寺のある法師が、酔っ払って宴会芸をしようと思い、そばに置いてあった鼎《かなえ》（三本足の器）を頭にかぶって踊り始めました。参加者一同バカ受けです。

そこまではよかったのですが、踊り疲れていざ鼎を頭から取り外そうとしたところ、鼻や耳に引っかかって一向に抜けません。

たたき割ろうにも鼎は青銅製なので、割れないどころか音がガンガン頭に響いて我慢できません。

仕方なく病院に連れて行きますが、医者には匙《さじ》を投げられてしまう始末。途方に暮れて仁和寺に戻った一同は、「命あっての物種《ものだね》だ」と覚悟を決めて、その法師の首が取れそうなぐらい鼎を思いっきり引っ張ったところ、なんとか抜けました。

しかし、耳と鼻は削《そ》げ落ちてしまい、その後ずっと寝込むくらいの重傷だったということです。

……**お酒に酔って調子に乗ると、ろくなことがない**、という戒《いまし》めです。

第八十七段では、もっと悲劇的な話が書かれています。

ある下男にお酒を飲ませたところ、酔って喧嘩《けんか》をし始めました。

彼を召し連れていたお坊さんがその場をとりなしたのですが、酔っ払っていた下男の逆恨みを買って斬りつけられ、重傷を負ってしまったというお話です。

素面《しらふ》の時は真面目で頼りがいのある下男だったのですが、お酒が入ると人が変わってしまう最悪の酒乱だったという例です。


第百七十五段では、「世の中には理解できないことがある」として、酒を飲む習慣を挙げています。

そして酔っ払いの醜態と酒の害を「これでもか、これでもか！」というくらいたくさん描写しています。実はこの段、『徒然草』の中でも第百三十七段に次ぐ二番目に長い文章なのです。**兼好法師はよっぽどお酒に恨みがあった**のでしょう。

そして、とどめの一言。

地獄におつべし。

「酒を飲む人は死後、必ず地獄に堕《お》ちる」。

いやいや兼好法師、ちょっと待ってください。

第一段で「下戸ならぬこそ男はよけれ」とお酒のススメをしてくれたはずなのに、ここまで言われてしまうと、お酒など一生飲む気になりません。もうお酒を飲むのはやめようかな……。

だけどやっぱり「月見酒」はいいよね

ところがどっこい、ここで終わらないのが兼好法師です。

「以上見てきたように、酒を飲むとろくなことがないのだが」と前置きしたうえで、**「やっぱり酒は捨てがたいものだ」と意見を百八十度転換**して、今度は酒を飲むことのよさを語り始めます。

一つ、月見酒、雪見酒、花見酒などは、情趣あふれるものだ。
一つ、思いがけない友と酒を酌《く》み交《か》わすのも心が慰むものだ。
一つ、冬、火で食べ物を炙《あぶ》りながら差し向かいで飲むのもまた一興。
一つ、仲よくなりたい人が上戸《じょうご》（酒飲み）で、酒を飲んで打ち解け合えると嬉しい。

などなど、今度は「お酒万歳！」のオンパレードです。
こうした振り幅の広いダイナミックさ、**当たり前のように矛盾することが書かれている点が『徒然草』の魅力の一つ**ではありますが、兼好法師の真意はどこにあるのでしょう？

兼好法師、お酒は飲んでいいのですか、それとも飲まないほうがいいのですか？

「酒と酒飲みに罪はない。酔っ払いの少々の過ちは見逃されるべきで、酔っ払った姿は面白おかしく、愛嬌にあふれているではないか」
……こんな兼好法師のつぶやきが聞こえてきそうです。

酒を飲む人は死後、必ず地獄に堕ちる。
それは間違いない……だが、やっぱりお酒は捨てがたいものだ。

「女難」には、くれぐれも気を付けよ！

兼好法師が若くして出家した一つの要因として、**大失恋をしたから**、という説があります。

『徒然草』の中には、兼好法師とおぼしき人の若き日の恋愛談がいくつか書かれていますし、和歌を二条為世《にじょうためよ》に師事し、頓阿《とんあ》・浄弁《じょうべん》・慶運《けいうん》と共に**和歌四天王**と呼ばれた兼好法師です。恋の道に疎《うと》いわけはありません。

そんな彼だからこそ、第八段で、

世の人の心まどはす事、色欲にはしかず。

「この世の人の心を惑わすことで、色欲に勝るものはない」、こう言い切っています。恋愛の達人はまた、色欲を最大の煩悩《ぼんのう》だと見切っているのです。

それを裏付けるエピソードとして、久米《くめ》の仙人の話が紹介されています。

ある日、雲に乗って空を飛んでいた久米の仙人が地上を見下ろしていると、川で洗濯している女性の姿が見えました。その女性のふくらはぎは白く美しく、エロチックに脂《あぶら》ぎって魅力的でした。

久米の仙人はたまらずクラクラになり、神通力《じんつうりき》を失って地上に落ちてしまった、というお話です。

久米の仙人が女性の魅力にまいって神通力を失ってしまったことを、「さもあらん」と共感する兼好法師は、なんと人間臭いのでしょう。**神通力で空を飛ぶことができる仙人でも、色欲に溺《おぼ》れて墜落くらいするさ**、というのです。

続く第九段では、女性の魅力として、**髪の美しさ**を第一に挙げています。

古来、「髪の美しさ」は女性の美の重要な要素でした。『源氏物語』の中で、不美人の代名詞とも言える末摘花《すえつむはな》のことを、紫式部は次のように描写します。

「座高が高く、長くて赤い鉤鼻《かぎばな》。むちゃくちゃ面長でおでこが広く、顔色が悪くてがりがりに痩せている」

でも末摘花は、黒くて長く美しい、まさに「烏《からす》の濡れ羽色」のつややかな髪の持ち主だったのです。「色白は七難隠す」と言われますが、「黒髪は七難隠す」で、光源氏は不美人もなんのその、末摘花を好きになったのです。

「女性の美＝髪の美しさ」というのは今も昔も普遍的な価値観なのかもしれません。

兼好法師、あわやハニートラップに!?

しかし、兼好法師は色欲を戒めます。

まことに、愛著《あいちゃく》の道、その根深く、源《みなもと》遠し。

仏道修行を妨げるいくつかの楽欲がある中で、「愛著（愛着）の道」、つまり愛欲の本能こそ、老いも若きも知恵者も愚か者もみんなが避けて通れない道だと言います。その根は深く、本能の奥深くに潜《ひそ》んでいる恐ろしいものだ、と。

だから兼好法師は警告を発します。

「女性の髪の毛をよって作った縄には、象も繫《つな》いでおくことができ、女性が履いた靴で作った笛の音には、妻を恋《こ》う鹿が必ず寄ってくる、と言い伝えられているのだ。だから男性は自らを戒めて、女性に気を付け、色欲に駆《か》られないようにしなさい」と。

『徒然草』のブービー段にあたる第二百四十二段で、兼好法師は人間の欲望について、おさらいをしています。

第一は「名誉」、第二は「色欲」、第三は「食欲」。

この三つの欲に勝るものはない、と。そしてこの三つの欲に駆られてしまうと多くの面倒が起きるから、求めないに越したことはない、と述べています。

そんな兼好法師ですから、**「色仕掛けになぞ引っかからないぞ」**という自慢話が第二百三十八段に書いてあります。

兼好法師が、あるお堂に参詣して説法を聴聞していた時、上品で美しい女性が膝に寄りかかってきました。どうも不自然だし、移り香があったらまずいと思った兼好法師は、席を立って脱出しました。

あとから聞くと、ある女性が若い女房に頼んで兼好法師に接近させ、色仕掛けが成功するかどうか試して、面白がろうとしたことが判明したのです。

「あぶなく引っかかるところだった。モテる男性は女難にはくれぐれも気を付けたほうがよかろう」とは、兼好法師の弁です。

人の心を惑わすことで、色欲に勝るものはない。
女難には、くれぐれも気を付けなさい。

「ほだし」を作らぬために妻をめとるな、子を持つな？

子供を持つことの功罪について、兼好法師は第六段で、どんな身分の人であろうとも**「子供はいないほうがよいのだ」**と断じています。

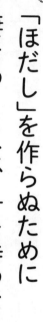

子といふ物なくてありなん。

それを裏付ける例として、親王も、太政大臣《だいじょう》も、左大臣も、そしてかの**聖徳太子ですら、一族が絶えてしまうように願ったものだ**と書かれています。つまり、

身分の高い人、もののわかった立派な人は全員、「子といふ物なくてありなん」と思うものだというのです。

確かに、出家を妨げる最大の理由は**「ほだし」**です。「ほだし」というのは、直訳すると「手かせ、足かせ」という意味で、具体的には「親や妻子」などの血縁関係を意味します。

親や子供がいると、いざ出家しようと思っても現世への未練が残って出家の決断が鈍る、というのは想像に難《かた》くないところです。しかし、この世に生まれてきている以上、親の存在を否定することはできません。

とするならば、**出家を妨げる「ほだし」をこれ以上作らないためには、妻をめとらず子供を作らない、という選択肢しかない**わけです。「出家第一主義」の兼好法師としては、これはごく当たり前の結論でしょう。

第六段の段階でこれを読むと、「なるほどなぁ、俗世を捨てて出家するには、妻をめとらず子供を作らない」、これしかないよなぁ、と思います。第七十二段でも、賤しいものの一つとして、「家の内に子・孫の多き」を挙げているくらいなので、兼好法師の子供嫌いは徹底しています。

ところが、やはり兼好法師は見事に読者を裏切ります。

家族を作るのは「ものの情け」を知る勉強だ

「ものがわかっていない人も、一言くらいはいいことを言うものだ」で始まる第百四十二段で、なんと今度は、**「子供を持たない人は、ものの情けはわかるまい」**と断じるのです。

開いた口が塞《ふさ》がらないというのはこのことです（ある意味、期待通りですが）。「子といふ物なくてありなん」と言っていたはずの兼好法師は、ここで真逆のことを言います。

ある荒くれ武士が、隣にいた人に向かって、「お子さんはおありですか」と尋ねます。「いえ、私には子供は一人もいません」と答えると、さては、もののあはれは知り給はじ。

「子供を持たない人は、ものの情けはわからないでしょう」と非難したのです。さらに、人情もまるでわからないお方でしょう、とその武士は畳みかけます。そして兼好法師もそれに同調し、「子を持ってみて、初めて親の気持ちがわかるものだ」と言います。**恩愛、慈悲の気持ちを理解するためには子を持つべきだ、**と。

さらに話は続きます。

独り身の世捨て人が、「ほだし多かる人」に対して軽蔑するのは間違いだ、**本人の身になって考えれば、愛しい親や愛する妻子のためには、恥を忘れて盗みぐらいするものだし、それを責めるのは間違っている、**と。

唖然《あぜん》、茫然自失。

第六段の兼好法師はどこに行ってしまったのでしょう。

『徒然草』の成立については、前半と後半の間に十一年ほどの歳月が経っているという説が有力です。とすると、第六段を書いた三十歳前後と四十歳を過ぎて第百四十二段を書いた時では、兼好法師は大きく価値観を変えてしまったのかもしれません。だから、どちらが正しいというような野暮《やぼ》なことは詮索《せんさく》せず、どちらも受け入れるのがいいでしょう。

第百四十二段での話は続いていきます。

親や子のために悪事を働く人を罰するのは間違っている。そうさせている根本的な原因は悪い政治だ。だから、為政者は贅沢や無駄遣いをせず、民に恵みを施《ほどこ》すべきだ、と。

これは、孟子《もうし》が人々の生活安定を政治の基本として強調した次の言葉を踏まえています。

恒産《こうさん》無くして恒心《こうしん》無し。

「一定の生業《なりわい》がなくても道義心を持つことができるのは、学問修養のできた人物だけであり、普通の人は生活が安定しなければ、安定した道義心を持つことができない」という意味です。
『管子《かんし》』の中に出てくる「衣食足りて礼節を知る」という言葉も近い意味ですが、とにかく普通の人は、生活に余裕ができて初めて礼儀や節度をわきまえられるようになるという、非常に現実に即した考え方です。

三十歳の頃には「子供はいないほうがいいのだ」と言い切る頭でっかちの理想主義だった兼好法師が、十年の歳月を経て、現実主義になった、と理解すべきでしょう。

ところで、兼好法師さん。調べたところ、**聖徳太子は子供が十四人もいます**。本当に聖徳太子は、一族が絶えてしまうように願っていたのでしょうか……？

子供はいないほうがいいのだ。
だが、子供を持たない人は、ものの情けはわかるまい。

朝から晩まで一緒にいるな！
「別居婚」のススメ

第百九十段は、衝撃的な言葉で始まります。

妻《め》といふものこそ、男《おのこ》の持つまじきものなれ。

「男は妻を持つべきではない」。

そう簡単に言い切られてしまうと、迷える子羊たるこの世の男たちはどうしてよいものか、ますます迷ってしまいます。

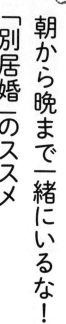

この段では、**恋煩いしている男のことを「血迷った存在」**として扱い、家事を切り盛りする女性のことを「情けない」とさげすみ、「子供をかわいがる女性の姿を想像するとうんざりする」と切り捨てます。

さらに、男の死後、女が尼《あま》になって老け込む姿は恥を晒《さら》すだけだ、とこき下ろしていて、**どうやら兼好法師の女性不信、結婚嫌いは本物のようです。**

どんなに好きな女性でも、朝から晩まで一緒にいれば嫌になるだろう、という兼好法師は、別居婚を勧めます。

よそながら、ときどき通ひ住まんこそ、年月《としつき》へても絶えぬなからひともならめ。

別居して時々通って一緒に住むような生活をすれば、心のときめきが持続するし、不意に男がやって来て泊まったりしたら、お互いに新鮮に感じるだろうというのです。……これは、一理あるような気もします。

兼好法師の理想とする平安時代の貴族文化では、**「妻問婚《つまどいこん》」**と言って、男が女のところに通う婿《むこ》取り婚形式が一般的でした。しかし鎌倉時代になると、女が男の家に入る「嫁迎え婚」が行なわれるようになりました。

兼好法師は平安時代の「妻問婚」を推奨しているように思えます。


しかし、第百七段で、兼好法師は女性のことをボロカスに書いています。

「女性なんて、ひがんでいて、我執と貪欲が強く、物の道理がわからず、迷いの中にいて、口が上手く、うわべをつくろう知恵だけは男に勝っている存在だ」

……いやはや**兼好法師、よほど女性にひどい目に遭わされた**のでしょうか。

では、そうではない賢い女性がいたらどうかというと、それはそれで面白くない存在だ、というのですから矛盾にもほどがあります。

「愛欲」という魅惑の世界を楽しみたいなら

そんな兼好法師ですが、第百七段の結論は、ただ迷ひを主《あるじ》として、かれに随《したが》ふ時、やさしくも、おもしろくも覚《おぼ》ゆべき事なり。

要するに、愛欲という迷いの世界で女性に従う気があるなら、優美な世界にときめき、魅力的な恋を楽しむことができるものだ、というわけです。

なんだか身もふたもない結論ですね。

男が恋を楽しむためには、迷いの世界であることを覚悟し、あと先考えず突入していくしかないわけです。

しかも、最終的には女性に裏切られ、結婚しようものなら絶望的な生活しか待っていない……。

直木賞作家である井上ひさし氏が『日本亭主図鑑』で次のように書いています。

「男性と女性とは、世に伝えられているほど同じものではないこと、『人類』という同じ括弧《かっこ》でくくられてはいるけれど、このふたつの性の間には、月とスッポン、金魚と目高、提灯《ちょうちん》と釣鐘《つりがね》、家の前の水たまりと太平洋ほどの違いがあることを説きたかっただけである」。

女性とは理解不能なもの。結婚するのは、やめておいたほうがいい……兼好法師の心からのアドバイスも、これと同じです。

男は、妻を持つべきではない。
あえて言えば、別居して、時々通う関係がオススメだ。

「死後に財産を残す」なんて見苦しいばかり

第百四十段で、**本当に賢い人は死後に財産を残さないものだ**、ということが語られます。

仮に残されたものが、ガラクタのようなものであればつまらないし、価値のあるものならばそれに執心した姿は浅はかにしか思えず、多額の財産が残されようものなら相続争いになって見苦しいばかり。日常生活の必需品以外は何も持たないのがよいのだ、と兼好法師は言います。

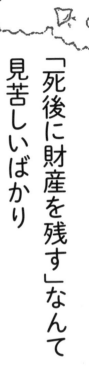

朝夕《あさゆう》なくてかなはざらん物こそあらめ、その外《ほか》は何も持たでぞあらまほしき。

この考え方は、明治維新の志士、西郷隆盛の次の言葉と同じです。

児孫《じそん》のために美田を買わず。

子孫のために財産を残せば、それに頼って努力をしなくなるので、あえて財産を残さない、という意味です(「美田」とは、土地が肥えて作物がよくとれる田地のこと)。普通に考えれば誰でも子孫のために財産を残したくなるものですが、遺産をもらった子孫は仕事もせず安直な生き方をしてしまうので、かえって子孫のためにはよくない結果になることが多いのです。

ところで、「児孫の~」は西郷隆盛が大久保利通に寄せた詩『偶成《ぐうせい》』の一節です。

西郷隆盛と大久保利通は、幼い頃から共に学び、維新を進めていった同志です。最終的には西郷とたもとを分かち、「冷徹な現実主義者」と呼ばれた大久保でしたが、一八七八年に四十八歳で暗殺されたあと、遺された財産はたったの百四十円だったのに対して、借金は八千円!! これは現代の貨幣価値だと一億円以上になります。

実は大久保自身は質素な生活を送っていたのですが、予算が付かない公共事業に私財をつぎ込み、足りない分は借金して賄《まかな》っていたのです。

「心がせいせいする」ことが何よりだ

第百四十段で「何も持たでぞあらまほしき」と語った兼好法師は、第十八段でさらに**究極の「何も持たない生活のススメ」**をしています。

昔、唐土《もろこし》（中国）にいた許由《きょゆう》という人は、身の回りの持ち物が全然なかったので、水さえも手ですくって飲んでいました。

その様子を見た人が、水を飲むために瓢箪《ひょうたん》をくれたのですが、それを木にかけておいたところ風に吹かれて音を立てたので、許由は「やかましい」と言って捨ててしまいます。そして、また元通り、手ですくって水を飲むことにしました。

許由は、どんなにか心がせいせいしたことでしょう。

いかばかり心のうち涼しかりけん。

この許由という人は中国古代の伝説の隠者で、高潔な人格者として知られていました。当時の皇帝だった堯《ぎょう》帝が彼に帝位を譲ろうと申し出ますが、それを聞いた許由は「汚《けが》らわしい話を聞いたことよ」と言って、潁水《えいすい》という川で自分の耳をすすぎ、山に隠れてしまったといいます。

ここから**「潁水に耳を洗う」**という故事成語ができました。俗事や世俗的な栄達にかかわりなく暮らすことのたとえとして用いられます。

「児孫のために美田を買わず」どころか、自分自身何も所有しないという究極の姿。

これに対して兼好法師はちょっとした皮肉を込めて言います。

「昔の唐土の人は、これを素晴らしいと思ったからこそ書き留めて世に伝えたのだろう。我が国の人は、こんな話は素通りして語り伝えもしないだろう」と。

昔から本当に賢い人は、死後に財産を残さないものだ。
何も持たなければ、心は軽々となる。

あふれ出る「京都人」のプライド

兼好法師は京都から鎌倉へ何度か旅していて、『徒然草』にも鎌倉のことが何度か出てきます。

第十五段で、「旅」に関する感想を述べています。

——どこであろうと、しばらく旅に出ていると、目の覚めるような新鮮な気持ちがするものだ。旅先では心が敏感になり、自分のことも人のことも普段よりも輝いて見えるものだ。

いづくにもあれ、しばし旅だちたるこそ、目さむる心地すれ。

こう書く兼好法師ですが、基本的に**プライド高き都の人であり、優美で高雅な王朝文化の素養がない関東人のことは下に見ている**ところがあります。

第百六十五段でも兼好法師は、関東の人が上京して都の人と交際したり、逆に都の人が関東に行って立身出世したりすることは、みっともないことだと述べています。

「関東と京都は全然違いますねん、あくまで自分のテリトリーで勝負しなはれ」という立場です。

「関東出身者にしては奥ゆかしいよね」

第百四十一段は、**関東と京都の人の違いについての話**です。

京都の悲田院《ひでんいん》の尭蓮上人《ぎょうれんしょうにん》は、在俗の時「三浦の某《なにがし》」と言い、並ぶもののない武士でした。ある日、生まれ故郷の関東人が上京して来て語り合っていたら、「関東の人が一度言ったことは信用できますが、京都の人は口先ばかりで誠意が感じられません」と言いました。

吾妻人《あづまびと》こそ、言ひつる事は頼まるれ、都の人は、ことうけのみよくて、実《まこと》なし。

それを聞いた尭蓮上人は、反論します。

「あなたはそう思うかもしれませんが、長く京都に住んでみますと、都の人の心が関東の人より劣っているとは思えません。

都の人は、心が優しく情に厚いので、人からお願いされてしまうと無下《むげ》に断れなくて、気弱く頼み事を承諾してしまうのです。約束を破ろうと思っていなくても、貧しく生活もままならないので、自然と約束が果たせないのです。

それに対して私の故郷の関東の人は、実は心に優しさがなく人情味が劣り、ただただ剛直なので、人から頼まれた時に、できそうもないことは最初から『いやだ』と一言のもとに言って終わりにしてしまいます。

でも、関東の人は裕福な人が多いので、頼みにされるものなのです」

こう、道理を尽くしておっしゃいました。

この上人は、話し方に訛《なま》りがあり、荒っぽくて、尊《とうと》い教えを記した仏典のきめ細かな教理など、しっかり理解していないように思えたのですが、この話を聞いたあとは、奥ゆかしく思われてきました。

この上人が、大勢いる僧侶の中で相当な寺を預かっておられるのは、このような柔軟な心の持ち主であるのが理由であるのだと思われました。

第百四十一段はおおよそ、こんな話なのですが、**兼好法師はあくまで上から目線**ですね。

兼好法師が言わずとも、千年の都である京都人のプライドは天より高いもの。ましてや当時の京都と関東では、都会と田舎、みやびとひなび、貴族と武士……勝負になりません。

兼好法師の時代においては、すでに平安王朝の貴族文化は凋落《ちょうらく》していましたが、そこは「腐っても鯛《たい》」、京都の文化は世界レベルであることは間違いないところです。

都の人は心優しく情に厚いので、思わず頼み事を承諾してしまう。貧しく生活もままならないので、何かと不義理をしてしまうのだ。

「奇をてらう」のは無教養を晒すようなもの

何事もこてこてしていたり、センスの悪さを毛嫌いする兼好法師です。

第百十六段では、こんなことを言っています。

――寺院の名前や、その他様々な物に名前を付ける時、昔の人は奇をてらわず、ただありのままに、素直にわかりやすく付けたものだ。

このごろは、やたらと深く考え、知恵のあるところを見せつけようとして付けたと思われる名前が多いが、まことに嫌なものだ。**人の名前にしても、見たこと**

のない漢字を使おうとするのは、つまらないことにしか思えない。

どんなことも、珍しさを追求し、珍奇な説をありがたがるのは、浅はかな教養しかない人が必ずやりそうなことだ。

何事もめづらしき事をもとめ、異説《いせつ》を好むは、浅才《せんざい》の人の必ずある事なりとぞ。

現代のキラキラネームに対して、兼好法師は反対の立場ということです。

「いにしえの王朝文化」へのほとばしる愛!

第七十八段では、**流行を追いかける愚**について書いています。

――近頃流行した珍しいことを、言い広めたり、もてはやしたりするのは、納得いかないものだ。一方、流行が廃《すた》れて陳腐になってしまうまで知らない人は、奥ゆかしい。

新米の人に対して、仲間内では馴染《なじ》みになっている事や物の名前などを、知っている者同士が通称で呼び合って、目配せをして笑い合い、その意味がわからない者を不安な気持ちに陥《おとしい》れるのは、教養のない人がやることだ。

これなどは、現代の世でもありそうなことですね。やたらと意味不明なカタカナ語を連発したり、何を省略したかわからない言葉を使ったり……。

和歌について造詣《ぞうけい》の深い兼好法師はこう言います。

――「昔はよかった」ということの例を和歌で挙げるならば、『古今和歌集』の中で「歌の屑《くず》(=劣った歌)」とけなされている紀貫之《きのつらゆき》作のものですら、今の人が詠めるレベルとはとても思えない。また少し時代が下って『新古今和歌集』や『梁塵秘抄《りょうじんひしょう》』などでも、今のものに比べると素晴らしい歌が多く入っている。

とにかく最近の和歌は言外に余情がなく、情趣が感じられないものばかり。他のものも同様だ。時代が下るにつれて俗になり、見るべきものがなくなっているのは誠に嘆かわしいばかりだ。

だから、**いたずらに新奇なものや流行を追うのではなく、いにしえの素晴らしい王朝文化をしっかり学ぶほうが、得るものが多い**のは間違いない。

以上、兼好法師の嘆き節ですが、どの時代でも**「近頃の若者は……」**などと同じようなことが言われているところから考えると、いったいどこまで遡《さかのぼ》れば最高の時代があったのでしょうね。

ちなみに、『徒然草』における兼好法師の価値観は、一貫して京の王朝文化が一番であることがわかります。

具体的には兼好法師の生きた鎌倉時代末～南北朝時代よりも約三百年前の十～十一世紀にかけての摂関政治時代のことであり、兼好法師は王朝文化に対して「したはしき」と、思慕の姿勢を崩していません。

流行を追い求め、ありがたがるのは、浅はかな教養しかない人がやることだ。
いにしえの素晴らしい文化をしっかり学ぶほうが、得るものが多い。

コラム

兼好法師の「ラブレター代筆」事件

中世の軍記物語である『**太平記**』の中に、兼好法師についての逸話があります。

当時交流のあった室町幕府初代執事の高師直《こうのもろなお》が、ある人妻に興味を持ちます。

聞けばその人妻は絶世の美女とか……。

なんとかモノにしたいと思った師直は、友人で書道家・名文家・和歌四天王でもある兼好法師に**ラブレターの代筆**を頼みました。

兼好法師は、美しく染め上げられた恋文専用の便せんを用意して、そこに言葉を尽くし、見事な文字で恋文を書き送りました。

しかしその人妻は貞淑な女性で、そのラブレターを読まずに捨ててしまいます。

コケにされた師直は怒りが収まらず、怒りの矛先を兼好法師に向け、邸《やしき》への出入りを禁じたというお話です。兼好法師としてはとばっちりもいいところですが、書道家・名文家・和歌四天王としての面目が立たなかった残念なお話です。

その反省を込めてでしょうか、第三十五段で兼好法師はこんなことを書いています。

「字が下手な人でも、それを気にせず手紙を書き散らしている様子は清々《すがすが》しいものだ。**自分の字が見苦しいからといって、人に代筆させるのは、わざとらしく嫌味なことだ**」

ちなみに、その人妻をあきらめきれなかった師直は、ストーカーと化します。度を越した師直の行動に恐れをなした夫は、妻と子を連れて逃げ出すのですが、師直はこれ幸いと夫を謀反《むほん》人に仕立て上げて追捕した結果、**美人の妻は子供を道連れに焼身自殺、それを知った夫は自害、という散々な結末を迎えてしまった**というのです。美人も度を過ぎると悲劇をもたらすものですね……。

なお、高師直の名誉のために記しておくと、このお話はフィクション（つまり「作り話」）である可能性が高いとのことです。

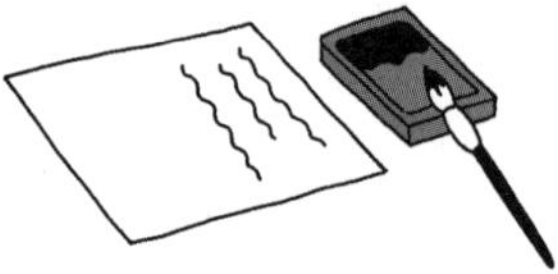

3章

「処世のコツ」を大放談！

——さすが海千山千！「説教好き」は筋金入り？

あのジョブズも感動!?「寸暇を惜しめ」と大啓発

兼好法師の『徒然草』を読んで感動したとおぼしき、あるアメリカ人の青年がいました。**アップル創設者のスティーブ・ジョブズ**です。

If today were the last day of my life, would I want to do what I am about to do today?

もし今日が人生最後の日だとしたら、今日やろうとしていることは本当に自分のやりたいことだろうか？

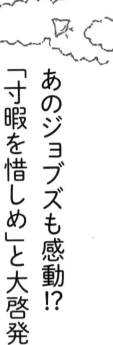

この言葉は、ジョブズがスタンフォード大学の卒業祝賀スピーチで述べた有名な言葉です。そのスピーチの中で、ジョブズは十七歳の時にある文章を読んで強烈な印象を受けたと語っています。

そこには**『徒然草』の英訳版ではないか**と思われる節が多々あります。

そんな生き方は〝人生の空費〟だ！

第百八段に、こんなことが書かれています。

「もし、誰かがやって来て、『おまえの命は、明日限りだ』と予言したとすれば、今日一日が暮れる間、何を楽しみ、何をやれるだろうか。

多くの人は明日死ぬなどと考えもせず、役に立たぬことをやり、無駄口をたたき、つまらないことを考えて大切な一日を空費する。そしてそれが重なって月日となり、ついには一生をむなしく送ってしまうのだ。寸暇《すんか》を惜しむ心のない人は、死人と同じだ」と。

暫《しばら》くもこれなき時は、死人におなじ。

生きていても死人と同じでは、本当に生きているとは言えません。ジョブズの先ほどの言葉は、兼好法師のこの文章に衝撃を受けたものではないかと思うのです。

そしてジョブズは十七歳の時から、三十年以上、毎朝鏡で自分の顔を見ながら、**「もし今日が人生最後の日だとしたら、今日やろうとしていることは本当に自分のやりたいことだろうか？」**と問い続け、超人的な働きで多くのことを成し遂げました。

ジョブズのスタンフォード大学の卒業祝賀スピーチはこう続きます。

「自分は死に向かっているのだということを心に留めておくことが、自分が何か失ってしまうんじゃないかと心配する落とし穴にはまらないための最良の方法です。君たちはもともと素っ裸（何も持っていない状態）なのです。自分の心の導くままに進めばいいだけなのです」

最後の一文は、英語では次のように表現されています。

There is no reason not to follow your heart.

実はジョブズが二〇〇五年にスタンフォード大学でこの講演をした時、彼の体はすでにガンに侵されており、余命半年の宣告を受けて手術を行なっていました。奇跡的に手術は成功しましたが、残念ながらそれから六年後の二〇一一年に五十六歳の若さで亡くなりました。この講演でのジョブズの最後の言葉です。

Stay Hungry. Stay Foolish.

ハングリーであれ。愚か者であれ。

「だって死の前ではすべてが〝無〟だろ？」

実は兼好法師も第百十二段で似たようなことを述べています。

「人の一生は、雑用や無駄な義理立てばかりをしているうちにむなしく終わってしまうだろう。そうならないためにも、信頼も礼儀も守るのをやめよう。人から狂っていると言われようと、正気じゃない、無情な奴と思われても構わぬ」

物狂ひとも言へ、うつつなし情《なさけ》なしとも思へ。

ジョブズの言うように、そして兼好法師の言うように、死を前にすればすべては「無」です。だから世間体や無益な雑事に振り回されず、自分にとって本当に大切なことを見つめ、ハングリーに、愚かに、そして自分の心に従って生きること、それがベスト・オブ・ベストなのです。

ちなみにアメリカ出身の日本文学者ドナルド・キーン氏による英訳版『徒然草』は、『Essays in Idleness』と訳されています。「Idleness」というのは「無為、怠惰、遊んでいること」の意なので、「つれづれ」の英訳としては、ちょっとネガティブワードに思えるところが残念ですね。

寸暇を惜しむ心のない人は、死人と同じだ。
人から正気じゃないと思われても、自分にとって本当に大切なことをなすべきだ。

「タイミングの悪い人」は出世の望み薄

第百五十五段で、兼好法師はこう書きます。

世に従はん人は、先《ま》づ機嫌を知るべし。

「この世で生きていこうと思う人は、第一にタイミングを掴《つか》むことである」

兼好法師が処世術の第一として挙げたのは**「タイミング」**です。タイミングが悪いと何事も成功しないものだ、と。

これは、人生で成功するために必要だと言われる「運根鈍《うんこんどん》」の中でも「運」を大切にするという考え方です。その「運」を引き寄せるためには、「根＝努力を続ける根気強さ」、「鈍＝鈍いくらいの粘り強さ」が大切になってきます。

パナソニックを一代で築き上げ、経営の神様と言われた松下幸之助《まつしたこうのすけ》が、採用面接の最後に、必ず「あなたは運がいいですか？」と質問したそうです。

そして、「運が悪いです」と答えた人は、どれだけ試験・面接結果がよくても学歴が高くても不採用にしたという話です。松下幸之助は、**成功するためには、実力が十パーセント、運が九十パーセントと考えていた**のです。

ただし、その運をもたらすのは、「根」と「鈍」。努力と粘り強さであることは間違いないところです。

ちなみに「鈍」というのは、他人に何と思われようと自分を肯定する鈍感力、と言い換えられるものでもあります。

優先順位を間違うなど〝とんちんかん〟の極み

ただ、病気や出産、死ぬタイミングだけはどうにもならないものだから、**必ずやり遂げたいと思うことは、時期を選ばずすぐさまやるべきだ**、と兼好法師は説きます。

第百八十八段では、たとえ話を交えながら、それをわかりやすく説明します。

ある人が息子を坊さんにしようと思い立ちます。学問を修め、因果応報の理《ことわり》を悟り、説法しながら飯を食っていってほしい、というのです。息子の将来を考えた父親らしい人生設計です。

そこで息子は坊主になるための修行を始めるのですが、これがとんちんかんもいいところなのです。

まず、何を思ったか乗馬を習います。これは、説教に呼ばれた時に、馬に乗れないと情けないからという理由です。

次に、歌を習います。これは、仏事のあとの二次会で酒を勧められた際に、坊主が何の芸もできなかったら興ざめだろう、という理由です。

ところが、この二つの芸がうまくなるにつれ、もっと極めたくなり、**ますます稽古《けいこ》しているうちに、肝心の説教の勉強をする時間がなくなってしまい、ついに年を取ってしまった。**

こんな間抜けなお話です。

けれど、と兼好法師は言います。

この法師のみにもあらず、世間の人、なべてこの事あり。

このお坊さん崩れを笑うのは簡単だけど、世の中の人はみんな同じように馬鹿なことをしていますぞ、と。他人事だと思って笑っている場合ではない。

この間抜けな話は、あなた自身のことでもあるのだ、というのです。

「一事没頭せよ、それ以外は捨ててしまえ!」

若い頃は未来に輝かしいビジョンを描いているけれど、実際は目の前の事を片付けるのにいっぱいいっぱいで、時間だけが容赦なく過ぎていきます。

いつか事をなすにいいタイミングが来るに違いないと思っているうちに、あっという間に時は過ぎ、何もできないまま老人になっていたりするものです。

だから、「一生のうちにこれをしたい!」と思うものの中で、どれが一番かとよーく考えて、どれか一つに思い定めたら、**それ以外は全部捨ててしまって一つに没頭するべきなのだ**、と兼好法師は言います。

されば、一生のうち、むねとあらまほしからん事の中に、いづれかまさるとよく思ひくらべて、第一の事を案じ定めて、その外《ほか》は思ひ捨てて、一事《いちじ》をはげむべし。

チャンスを逃すな、ということに関して兼好法師は熱い男です。

一つのことをやり遂げようと思ったら、他がダメでも嘆くな!!

リスクを恐れるな!!

他人に馬鹿にされても気にするな!!

すべてを犠牲にしないと、一つの事をやり遂げられないのだ!!

「さっさとやれば、うまくいく」と『論語』にも書いてあるぞ!!

と畳みかけてきます。

さらにたとえ話を三つも書き加えてダメ押し攻撃です。

では、そんな熱い男兼好法師がすべてを捨ててでも励みたいと思った「一事」とは何でしょうか?

当たり前の話ですが、それは**悟りの道、仏道修行**です。

なーんだ、と思うかもしれませんが、この段のお話は、**普遍的な処世訓**として得るところの多い内容を含んでいます。

人生で大切なのはタイミングだ。でも、人生の一大事に関しては、タイミングを許らず、今すぐに実行に移すべし。短い人生で何かを成し遂げようと思うのなら、馬鹿にされようが、危険があろうが、他のすべてを捨てて一事に集中せよ。

……兼好法師は、本当は世を捨てたりせず、何かを成し遂げたかったのかもしれませんね。

この世で生きていくには、タイミングを摑むことが大切。
これだと思うことを決めて、それ以外は捨てて一事に集中せよ。

「また次があるさ」――その性根が甘い!

兼好法師が処世訓を述べている段で、共通して力説していることがあります。

それは、**その場でできることに全力を尽くせ**、ということです。

たとえば、第九十二段では、弓を射る稽古をしているある初心者に向かって、先生がアドバイスした言葉が記されています。


初心の人、二つの矢を持つ事なかれ。後の矢を頼みて、はじめの矢に等閑《なおざり》の心あり。毎度ただ得失《とくしつ》なく、この一矢《ひとや》に定むべしと思へ。

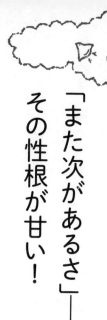

初心者は矢を二本持ってはいけない。二本目があると思って、一本目の矢を射る時にいい加減な気持ちになる。矢を射るごとに次の矢はないと考え、この一本の矢を真ん中に当てようと思え、ということです。

この教えは、何事にも通じることです。**一回くらいダメでも「また次があるさ」と思って怠けてしまう**ことは、人生においていくらでもありそうな話です。怠けるという意識はなくとも、心のどこかで「次の矢」がある気でいる。しかし、人生は二度ありません。

なんぞ、ただ今の一念において、直《ただ》ちにする事の甚《はなは》だ難《かた》き。

今現在、この一瞬において、やるべきことを直ちにやることのはなはだ難しいことよ、と兼好法師は言います。

第百十二段でも、人の一生は些《さ》細《さい》な雑事に妨げられて、むなしく終わってしまうだろう、だから、思い立ったが吉日。

諸縁を放下《ほうげ》すべき時なり。

今こそ世俗のもろもろの縁を投げ捨てる時だ、と書いています。

前項に、法師になろうとして、乗馬や歌を習ってしまい、肝心の説教を勉強する時間がなくなってしまった、というとんちんかんな息子の話がありましたね。

それと同じ第百八十八段に、逆のたとえ話が書かれています。

登蓮《とうれん》法師という人が、ある聖《ひじり》に会いに出かけようとした時、ちょうど雨が強く降っていたので、周りの人に「雨がやんでからにしなさい」と止められました。ですが、

人の命は、雨の晴れ間をも待つものかは。

こう言い残して、蓑笠《みのかさ》姿で駆け出して行ったといいます。「晴れるのを待って

いたら私は、いや聖だって死んでしまうかもしれないではないか」、というのです。

ちょっと極端な話のように聞こえますが、実際この世において一寸先はどうなるか、誰にもわからないのです。

人生は「やるか、やらないか」がすべて

兼好法師は『徒然草』の中で、基本的に「思い立ったが吉日」「善は急げ」「鉄は熱いうちに打て」の立場を取ります。何もしないで後悔するよりも、すべてを捨てて実行せよ、と勧めます。

ただし、その場合の兼好法師の実行とは、「出家して仏道修行すること」です。

これを現代に生きる私たちの日常生活に置き換えることはできませんが、何か大切な決断をする時、「できるか、できないか」という基準ではなく、**「失敗を恐**

れるよりも、何もしないことを恐れる」という基準で考え、思い切って実行してみることの大切さを学ぶことはできるのではないでしょうか。

かの発明王トーマス・エジソン（一八四七‐一九三一）は、こう言っています。

私は失敗したことがない。ただ、一万通りのうまくいかない方法を見つけただけだ。

世俗のもろもろの縁をすべて投げ捨て、この一瞬にすべてを賭けてやるべきことをやりなさい。

エリートたちだって一皮むけば、この程度

『徒然草』には、京都、仁和寺のお坊さんたちの話がたくさん出てきます。

理由としては、まず兼好法師が仁和寺の近く（徒歩二十分圏内）の「双ケ丘《ならびがおか》」の麓《ふもと》に隠棲《いんせい》し、そこで『徒然草』を執筆したことが考えられます。

もう一つの理由として、兼好法師の時代の仁和寺は広大な敷地を持つと同時に、真言宗御室派《しんごんしゅうおむろは》の総本山として最高の格付けを持つ大寺院であり、仏教学問の最高学府として君臨していたからです。

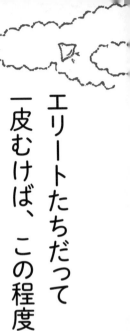

「超エリート」である仁和寺のお坊さんの話やそこでの出来事は、皆の注目の的でした。簡単に言うと、**兼好法師は仁和寺のゴシップを得意とする週刊誌の記者**みたいなものだったのです。

たとえば有名な第五十二段は、こんな話です。

仁和寺のあるお坊さんが、年を取るまで石清水八幡宮《いわしみずはちまんぐう》に参拝したことがなかったので、情けないことだと思って、ある日思い立ってただ一人で歩いて参拝することにしました。

そして石清水八幡宮の付属の寺と神社だけを拝んで、「これでやっと参拝できた」と思い込んで、**山頂の本殿を拝まずに仁和寺に帰ってきました。**

そのお坊さんが帰って来て仁和寺の仲間たちに語るには、「ついに念願の石清水八幡宮を参拝してきました。うわさ以上に素晴らしいところでした。それにしても不思議だったのは、参拝している方々がみんな山に登って行ったことです。山の上で何かイベントでもあったのでしょうか？

私も行ってみたかったのですが、今回は神社への参拝が本来の目的だったので、山の上までは見てこなかったのです」

……うーん、とんだ勘違い野郎ですね。そこで、兼好法師の一撃、

少しのことにも、先達《せんだち》はあらまほしき事なり。

「どんな些細なことでも、指導者はいてほしいものです」。この最後の言葉が教訓になっていますが、それと同時に仁和寺のお坊さんの世間知らずをちょっと皮肉っていますね。

「天下の仁和寺」でBL与太話

第五十四段も仁和寺のお話です。

仁和寺の法師たちが、同じ仁和寺にいるかわいらしい稚児（剃髪《ていはつ》しない少年修

行僧）を誘い出して一緒に遊ぼうと考えます。当時の稚児は男色の対象でもあったので、そういう意味合いも込められているのかもしれません。

さて、計画通り稚児を誘い出してあちこちで遊んだ法師たちは、あらかじめ用意しておいたプレゼントを稚児に渡そうとします。そのプレゼントとは、特注のオシャレな弁当箱の中に美味しい食べ物を入れておき、地面に埋めて上から紅葉をかけて隠しておいたものです。

お弁当箱を埋めた場所に戻った法師たちは、お弁当箱を探し当てようとします。ただし、サプライズのプレゼントなので、稚児を驚かせるためにみんなで下手な演技をします。

一人が、「紅葉を焚いてお酒を温める人はいないかなぁ。霊験《れいげん》あらたかな貴僧さま、試しに呪文を唱えてくれないか」と言うと、その役をやることになっていた人が、お弁当箱を埋めておいた木の根っこに向かって数珠《じゅず》をすり、手で印形《いんぎょう》を結びます。

さて、もったいぶった演技をしながら紅葉をかき払って土を掘ったのですが、肝心のお弁当箱がありません。「埋めた場所が違ったか」と、慌てて山中あちこち掘りまくったものの、とうとう見つかりませんでした。

実はお坊さんたちがお弁当箱を埋めているところを見た人が、隙を見て盗んでしまったのです。お坊さんたちは、あまりの事態に言葉を失って、大喧嘩をし、最後には腹を立てて帰っていきましたとさ。

……これは、**あまり面白くしようとして凝りすぎると、結果はろくでもないことになる**という教訓です。

こうしてみると、天下の仁和寺に対して、兼好法師はかなり意地悪な視点で見ていたようですね。

天才学僧も「好物への執着」は断ち切れない

第六十段では、**仁和寺のぶっちぎりの天才**を紹介しています。

仁和寺の真乗院《しんじょういん》に盛親僧都《じょうしんそうず》という天才的な学僧がいました。ただし、天才にありがちな変わり者で、「いもがしら（里芋の親芋）」という食べ物をいつも大量に食べていました。どんな病気に罹《かか》っても、いもがしらさえ食べれば完治するというのです。

盛親僧都は貧乏を窮《きわ》めていたのですが、師匠が財産を残してくれ、三百貫もの大金を手にしました。今でいうと、何千万円もの遺産です。大喜びの盛親僧都は、そのお金でいもがしらを大量に買い、満足するまで食べ続けた結果、ついに全額を使い果たしてしまいます。

そのあまりの変人ぶりに、「貧乏暮らしをしていて三百貫もの大金を手に入れたのに、すべていもがしらに使うとは、たぐいまれなる道心《どうしん》（仏道に帰依《きえ》しようとする心）のある人だ」と人々に讃《たた》えられました。

三百貫の物を貧しき身にまうけて、かくはからひける、誠に有難き道心者《どうしんじゃ》なり。

ここで話が終わっているならば、盛親僧都は変人でもたぐいまれな道心者だ、ということになるのですが、まだ話は続きます。

盛親僧都は、仁和寺の宗門内では地位の高い僧侶だったのですが、世間を小馬鹿にしている節がありました。なにせ勝手気ままで、社会のルールも守りません。どんな重大事があっても、他人の言うことには耳を貸さず、ずっと寝ているかと思えば、目が覚めると幾晩も寝ないで詩歌を吟じて徘徊《はいかい》するという具合……結局、兼好法師は仁和寺のことを褒めるつもりはなく、けなしているとしか思えません。

ちなみに、仁和寺の南にある長泉寺《ちょうせんじ》の門の前には、「兼好法師舊跡《きゅうせき》」と刻まれた石碑が残っています。

どんな些細なことでも、その道の指導者はいてほしいものだ。
……仁和寺の番記者、兼好法師。

凡人ほど「形式的なこと」を侮るな

第八十五段で兼好法師は、**人間の本質を「悪」と見る性悪説**を論じています。

――人間の心は素直ではないから、言うことなすことが偽りに満ちている。そして素直でない人が、他人の賢さを見てうらやむのは世の常だ。

愚かな人は、賢い人を見つけると、たちまち憎しみの対象にする。

兼好法師は、「大きな利益を得ようとするために、小さな利益には目もくれず、偽って自分を立派に見せて名を上げようとする人が多い」と非難しています。

『史記』の中に、

燕雀安《えんじやくいずく》んぞ鴻鵠《こうこく》の志《こころざし》を知らんや

という言葉があります。燕《つばめ》や雀《すずめ》のような小さな鳥には、鴻（オオトリ）や鵠（ハクチョウ）のような大きな鳥の志すところは理解できない、つまり**小人物には大人物の考えや志がわからない**、というたとえです。

兼好法師も同じ考えであり、こう続けます。

――愚かで小人物であるがゆえに、賢く志高い人の気持ちを理解できず、ひがみ根性から嫉妬《しっと》して悪口ばかりを言う。この手の馬鹿は決して直らず、少しも賢くなることはない。

そもそも、「狂人の真似だ」と言って大路《おおじ》を走るならば、それは取りもなおさず「狂人」だ。「悪人の真似だ」と言って人を殺すならば、その人は悪人なのだ。

狂人の真似とて大路《おおち》を走らば、則《すなわ》ち狂人なり。悪人の真似とて人を殺さば、悪人なり。

千里を走る馬を真似る馬は、千里の馬と同類であり、中国古代の皇帝、聖天子の舜《しゅん》を真似る者は舜の仲間入りができるのである。偽ってでも賢人の道を学ぶような人を、賢人と呼んでよいのだ、と。

「形から入る」ことの大切さ

ここで兼好法師が言いたいことは、素直な心でいいものを真似ることの重要さです。

こうした**「形から入る」ことの大切さ**を第百五十七段でも書いています。

——筆を手に取ると自然に何かを書き始め、楽器を手に取ると自然に音を出したくなる。盃を手に取ると酒を飲もうと思い、サイコロを手に取ると賭け事をしようと思うもの。心は必ず物事に触発されて起こってくるのだ。

心は必ず事に触れて来《きた》る。

兼好法師は「かりそめにも、よからぬ遊びに手を出してはならぬ」と戒めます。

——逆に、経文をちょっと広げてみることで、長年の過ちに気が付いて改めることもある。また信じる心がまったくなくても、仏前で数珠を手にし、経本を手に取れば、いい加減な気持ちのままでも、善い行ないができるようになり、乱れた心のままでも坐禅をすれば、知らず知らずのうちに解脱《げだつ》の境地にも達するものだ。

外部の現象と内部の真理とは、元々別のものではない。**外部に現われた姿が間違っていなければ、心の中の悟りは必ずでき上がる**。だから形だけの信心だと言って、形式的なものを馬鹿にしてはならない。逆に敬って尊重すべきだ、と。

これはまさに能楽の神髄を表わすと言われている言葉、**「型より入りて型より出づる」**ですね、兼好法師。

素直な心で賢い人を真似てみれば、きっといいことが起こる。心は物事に触発されて起こってくるものなのだ。

「競争して勝ちたい気持ち」を超越せよ

兼好法師は、第百二十九段で、孔子の一番弟子である顔回《がんかい》について触れています。

顔回は他人に苦労をかけないことを信条としていました。どんなに身分が低い人の意志も尊重し、また**幼い子供をだましたり、脅したりすることはあってはならない**と顔回は考えました。

大人は冗談でやっているつもりでも、幼い心は傷ついてトラウマとなり、恐怖心と羞恥《しゅうち》心を抱くものです。いたいけな子供をいたぶって面白がるのは、慈悲の心を持つ大人のすることではありません。
人は、**身体を傷つけられるよりも、心を傷つけられたほうがダメージは大きい**のです。

身をやぶるよりも、心を傷《いた》ましむるは、人を害《そこな》ふ事なほ甚《はなは》だし。

病気に罹る原因の多くは、心の問題です。恥ずかしい時や、恐怖に駆られた時に必ず汗が出るのを見ると、それが心のしわざだとわかるはずです。

中国の三国時代に、韋誕《いたん》という能書家《のうしょか》が、高楼《こうろう》の額に揮毫《きごう》するために籠《かご》に入って七十五メートルの高さまで吊《つ》り上げられたことがあります。
韋誕が無事に書き終えて下りて来た時、恐怖のために頭髪が真っ白になっていたという故事があるくらいです。
それほど、**心と身体は密接に結びついている**のです。

「人に勝利する快楽」に惑わされるな

続く第百三十段のお話です。

人生においては、人と争うことなく、自分をあと回しにしてでも人を優先するに越したことはありません。

それに対して勝負事を好む人は、**人と争って勝利する快楽に浸りたい**のです。自分の腕前が相手より勝っていることが確認できて嬉しいのです。だから負けたら面白くないということも身に染みて知っています。

一方、自分から進んで負けて相手を喜ばせるのは、遊びとしての面白さがまったくなくなってしまいます。かといって、相手に悔しい思いをさせて、自分だけが勝利の美酒に酔うというのは、人の道に背《そむ》いています。

仲間同士のふざけた勝負においてでさえも、友をだまして自分が勝つことを面白がりますが、これもまた人としての礼儀に背いています。

単なる遊びや宴会の与太話から始まって、しまいには遺恨を残すような大喧嘩になることが多々ありますが、これはすべて人が勝負事を好む弊害なのです。

では、物事の道理を知り、勝負ごとの無意味さを悟り、競争する気持ちを超越でき、謙遜の心が働くようになるにはどうしたらいいのでしょう。兼好法師は明快な答えを書いてくれています。


ただ学問の力なり。


身体を傷つけるよりも、心を傷つけるほうが罪は重い。

学問をすれば、他人を傷つけたり競争したりする気持ちを超越できるのだ。

「他人の不幸は蜜の味」もほどほどに

兼好法師の時代と今の時代は約七百年も離れていますが、今とあまり変わらないと思われることがいくつかあります。

その一つは、**人はゴシップが大好き**という習性です。「他人の不幸は蜜の味」という言葉があるように（その反対の言葉は「他人の幸福は飯がまずい」）、とにかく人は他人の不幸話が大好きです。

第百六十四段で兼好法師はこう書いています。

——世間の人たちは、顔を合わせると少しの間も黙っていることができないよ

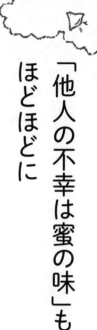

うだ。会った瞬間から話し始めるが、聞いてみると多くは無駄話。そして出てくる話は、いい加減なうわさ話や他人の悪口ばかり。

「私は他人の不幸を決して喜ばない」という人もいるかもしれないが、世の中のニュースを見ればわかるように、その大半が人の不幸話かゴシップだらけ。そんな話は、自他ともに失うものが多く、得るものなど何もない。

世間《せけん》の浮説《ふせつ》、人の是非、自他のために失《しつ》多く、得少《とくすくな》し。

そして最大の問題は、こうした話はまったく無益なことだという認識がお互いにないということだ。……いつまで経っても人は進歩しない動物なのですね。

人のうわさ話・悪口には首を突っ込まない

第七十七段では、こんなことを書いています。

——世間で話題になったことに関して、本来知らないはずの人が、なぜか詳しく内情を熟知していて人に面白おかしく喋《しゃべ》り散らす一方、同じ人が知らないふりをして他人に尋ねたりしているのを見ると、頭に来るものだ。

今も昔も変わらぬ人の性《さが》として、思わず口にしてしまう、いい加減なうわさ話や他人の悪口。これはしっかり自戒して言わないようにしたいものです。

いい加減なうわさ話や他人の悪口から得るものは、何もない。あとで言い逃れることができるズルい立場で発言するのは卑怯《ひきょう》千万《せんばん》である。

「誠実で口数の少ない男」に勝るものなし！

人生に対して基本的にポジティブかネガティブかと尋ねられたら、おそらく兼好法師は**「私はポジティブだ」**と答えるでしょう。

「人生は無常だ」「常に死を意識しておきなさい」などと一見ネガティブに思えることをたくさん書いているものの、『徒然草』をよく読むと、本音のところでは生を心ゆくまで楽しみ、質素ながらも住居や身の回りの調度類についてはセンスのいいものを揃えていくという美意識の高い生活至上主義のところが透けて見えてきます。

そんな兼好法師ですが、「これだけはやるな!!」と、否定的な意見を述べている段があります。

まず、第二百三十三段です。

――万事において失敗しないようにするためには、何事に対しても誠実で、人を分け隔てせず、礼儀正しく、口数の少ないのに勝るものはないものだ。

ことに**若い美男子で言葉遣いがきちんとしている人は、いつまでも忘れ難く、心惹かれる**もの。

さまざまな失敗は、自分が熟練している気になって、得意顔で調子に乗って人を馬鹿にしたりするから犯してしまうものだ。くれぐれも「天狗」にはなるな!!

見栄を張っても、ろくなことがない

第九十八段では、『一言芳談《いちごんほうだん》』という、お坊さんの名言集の中から兼好法師が感動したものを紹介してくれています。その中の一つ、しやせまし、せずやあらましと思ふ事は、おほやうは、せぬはよきなり。

「やろうか、やめようか迷っていることは、だいたいやらないほうがいいのだ」

……兼好法師にしては珍しくネガティブな意見です。

同じようなことを第百三十一段でも書いています。

――自分の限界を知って、自分ができないことはすぐさまやめることだ。貧しいのに見栄を張ってしまうと盗みを働くしかなく、体力が衰えている老人が頑張ってしまうと病気になるものだ、と。

兼好法師は基本的にはポジティブ思考で、やらないで後悔するより、やって失敗して後悔することのほうを選ぶ性格ですが、**「冒険」と「無謀」の違いはしっかり認識**しています。

「無理を通せば道理が引っ込む」とは言うものの、現実生活であまり無茶をしてしまうとしっぺ返しが大きくなることを知っているのです。

そもそもできないことはやるべきではないという、冷静かつ客観的な判断をくだすあたり、さすが海千山千の兼好法師です。

「勇気ある撤退」もまた一つのポジティブな道なのです。

そもそも、できないことはやるべきではない。
また、やろうか、やめようか迷っていることは、やらないほうがいいものだ。

コラム

「自意識過剰の坊主」の鼻っ柱をへし折る！

意地悪じいさんのような兼好法師像が垣間《かいま》見えるお話があります。第二百三十六段は、一見オチのある明るい滑稽《こっけい》談とも取れますが、実は相当な皮肉を込めて書いたのではないかと思われるお話です。

丹波《たんば》の国（現在の京都と兵庫にまたがる北部）に、「出雲《いずも》」というところがあり、そこに出雲大社の神霊を勧請《かんじょう》して立派な神社を造営しました。

そこは志太《しだ》の某とかという人の領地でした。

その志太の某が秋頃、「さあいらっしゃい、出雲を拝みに。美味しいものをご馳走しましょう」と言って、聖海《しょうかい》上人を始めとして大勢を誘って連れて行ったところ、めいめいお社《やしろ》を拝んで、えらく信仰心を起こしました。

その時に、神社の拝殿の前に置いてある獅子と狛犬《こまいぬ》が、背中合わせになって後ろ向きに据《す》えられていたので、上人はひどく感動し、「ああ、なんと素晴らしいことか。この獅子の据え方は尋常ではない。何か深いいわれがあるのでしょう」と涙ぐんで、「どうです皆さん、この素晴らしいお姿が目に留まりませんか。何も感じないのはあまりにひどいことです」と言いました。

いかに殿原《とのばら》、殊勝の事は御覧じとがめずや。無下なり。

この聖海上人の言葉に、自分の優れたところを誇示する意識を感じた兼好法師は、その鼻っ柱をへし折る方向へと話を持っていきます。

上人の言葉を聞いた一同も不思議に思い、「本当に他と違っている獅子と狛犬だ。都への土産話にしよう」などと言い出します。

言い出しっぺの上人は、そのいわれをどうしても知りたいので、年配でいかにも物を心得ていそうな神官を呼んで、「この神社の獅子の据えようは、きっと何か深いいわれがあるとお見受けしました。ちょっと、それをうかがいたいものです」と質問しました。

すると神官は、**「あの獅子と狛犬のことですか。あれはいたずら小僧たちのしわざですよ。まったくけしからんことです」**と言って、そばに寄って元の向きに据え直して去って行ってしまいました。

せっかくの上人の涙も、無駄になってしまったのでした。

上人の感涙《かんるい》いたづらになりにけり。

期待値を最大にしたうえで見事な落としっぷり。最終的に、上人の思惑はものの見事に外れ、みじめな結果に終わってしまいましたとさ。

4章

「無常観」「あはれの美学」について語ろう

——「隠遁者の哲学」か、「ひねくれ者の戯言」か

「ひたぶるの世捨て人」に憧れつつも……

第四段は次の一文のみです。

後《のち》の世の事、心にわすれず、仏の道うとからぬ、こころにくし。

「死後の世界のことを常に心にかけて忘れず、仏道に関心を持ち続けている人は奥ゆかしい」。兼好法師はそう言います。後の世のことを常に心にかけて仏道修行することは、兼好法師にとってとても大切なことでした。

ところが、この段に先立つ第一段で、兼好法師は法師のことをこき下ろしています。

「法師などうらやましくないし、清少納言が『枕草子』で法師のことを木《き》の端《はし》(=とるに足りない存在)だと書いているのはもっともなことだ」と。

法師が大きな態度で調子に乗っている姿は、とても見ていられないとも書いています。

一見矛盾しているようにも取れる内容ですが、そうではありません。

兼好法師は、鎌倉時代末期から南北朝時代にかけての人ですが、この当時、**家柄が低くても出世できる道として僧侶になること**がありました。そうした目的で僧侶になった人は、名誉欲・出世欲や物欲に駆られていて、仏道修行は手段に過ぎなくなっていました。

兼好法師はそうした風潮を否定し、俗物の法師を厳しく断罪したのです。一方それと対比されているのが、**「ひたぶるの世《よ》捨人《すてびと》」**(第一段)です。俗世を捨て仏道に専念する隠遁者こそ、兼好法師の理想だったのです。

兼好が出家を思い立った頃、秋の夕暮れを見て詠んだ歌です。

そむきては　いかなる方に　ながめまし
秋の夕べも　うき世にぞうき

＝もし出家したら、この秋の夕暮れはどんなふうに見えるのだろうか。こんなつらい俗世間にいるからこそ、憂鬱《ゆううつ》な風景に見えるのだ。

出家したらスカッと気分が晴れて、夕暮れの景色ももっとハツラツと見えてくるのかもしれないなあ、と思ったのでしょう。

「悟りの道」も「風流の道」も捨てがたい!

兼好法師は、三十歳前後に出家し、七十歳くらいで亡くなるまで、四十年近くにわたって**半僧半俗の世捨て人**として隠遁生活を送りました。『徒然草』にはそうした隠遁生活中の仏道修行のことがいくつか書かれています。

たとえば、第十七段では、

山寺にかきこもりて、仏につかうまつるこそ、つれづれもなく、心の濁《にご》りも清まる心地すれ。


と、山寺に引きこもって一人静かな環境で仏道修行することで、つれづれを感じることなく、心の濁りのない明鏡止水《めいきょうしすい》の心境に至ることを吐露しています。

そんな中、第二十段はとても印象的です。

名もなき隠遁者が、

「この世になんの係累《けいるい》（足かせ手かせとなるもの）も持たない身にとって、ただ一つ、出家前に見た空の余韻《よいん》だけが心残りです」

と言ったのに対して、兼好法師は深く共感しています。

兼好法師の生きた南北朝期というのは、約六十年間にわたって天皇家が二つに分裂して争った動乱の時代です。

若くして出家し、隠遁者の道を選んだ兼好法師ですが、完全に現世の世界と縁を切ることができず、「無常」と「風流」の間で揺れ動きながら生きていったのです。

「つまらない俗世など捨ててしまって、心穏やかに仏道修行するに越したことはない。しかし、この世には完全に捨てきれない美しい文化や景色が存在しているのも事実だ。

そうした中、**在家か出家かという形にとらわれず、死後の世界のことを常に心にかけて仏道修行すれば、誰でも極楽往生できる**と私は信じている」

……心揺れ動く中での、兼好法師の覚悟の声が聞こえてきます。


世間にはクソ坊主が多い。

だが、一人山寺に籠って仏道修行すれば、明鏡止水の心境に至る。

俗に居ながら、俗を超える生き方

有名な序段が終わって本編に入ると、第一段で兼好法師はいきなりこう問いかけます。「さて、この世に生まれたからには、誰にだって『こういうふうになりたい』というビジョンがたくさんあるだろう」。

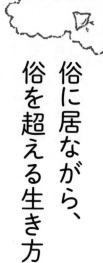

いでや、この世に生《うま》れては、願はしかるべき事こそ多かめれ。

うまい「つかみ」ですね。確かに**「こういうふうになりたーい！」**という思い

は誰にでもあるもの。そこで兼好流の人生の理想像が語られていきます。興味の引かれるまま読んでいくと、

「人は何といっても、顔やスタイルが優れているのが一番いい。そういう人は、何気ない一言も嫌味な感じがせず、言葉は少なくても魅力的でいつまでも向かい合っていたいものだ」

……なんて身もふたもない現実的な答えでしょう（笑）。

兼好法師は実は面食いだったのですね。でも、これでは生まれつきの資質で人生が決まってしまうことになります。しかしそこは兼好法師、こう言います。

心はなどか賢きより賢きにも移さば移らざらん。

「心は、賢いうえにも賢いように、よくしようと思えば必ずよくなっていくものだ」

こう言ってもらえると、日々努力していこうというやる気が出てきます。

では、心を「賢きより賢き」に移していくためには具体的に何をすればよいのでしょうか。

「私兼好が思う本当に大切なこととは、本格的な学問、漢詩、和歌、音楽の道に通じ、また先例に基づいたしきたりや作法をマスターして、政務や儀式で人々からお手本にされるようになったら言うことはない」

……これはこれで、けっこう大変です。

兼好法師の理想は、摂関政治時代の王朝文化をマスターすることなので、平安貴族にとっての必須アイテムだった学問（特に漢学）、「詩歌管絃《しいかかんげん》」、そして「有職故実《ゆうそくこじつ》」といわれる古来の先例に基づいた儀式や作法などを学ぶことが必要だというのです。

「貴族的教養」よりも「生活者的実用」？

しかし、第百二十二段になると、ちょっと意見が変わってきます。

第一段で推奨していたような**いにしえの君子に求められた理想的な教養は、今の世の中では通用しない**と述べます。

金《こがね》はすぐれたれども、鉄《くろがね》の益《やく》多きにしかざるがごとし。

詩歌や音楽といった優美高尚な貴族的教養は、確かに「金」であり優れているけれど、**実用性に勝る「鉄」には勝てない**、というのです。

「鉄」の実用性として兼好法師が挙げているのは、書物を読み、聖人の教えを学ぶこと。字を上手に書くこと。医術を習うこと。弓を射て、馬に乗れること。料理と手工もできたほうがいい、……などなど。

どれもこれも実用性が高いものばかりです。

ずいぶんと意見が変わってきましたね、兼好法師。

さらに驚くべきことに、第七十五段で兼好法師が書いている内容はもっと過激です。

「生活《しょうかつ》・人事《にんじ》・伎能《ぎのう》・学問等の諸縁をやめよ」とこそ、摩訶止観《まかしかん》にも侍れ。

第一段で、人生の理想として推奨していた**伎能や学問などは、世俗のもので無駄だからやめてしまえ**、というのです。第百二十二段に書かれている「鉄」の生活的実用性すらも不要だ、と。

ちなみに『摩訶止観』というのは、天台宗の根本の教えが書かれた本で、「悟りに至るには四つの縁（生活・人事・伎能・学問）をやめよ」と書かれているのを兼好法師が引用したものです。

矛盾した内容が平気で書いてあるところが『徒然草』の魅力の一つではありますが、**俗に居ながらにして、俗を超えるという柔軟な姿勢**こそ、兼好法師の発明した新しい柔らかな隠遁者スタイルだったはずです。

しかし、四十年にわたる隠遁生活の中で、心揺れ動くことが何度も何度もあったのでしょう。
王朝文化に憧れ、その学問や有職故実をマスターすることで、心を「賢きより賢き」に移すことを理想としつつ、一方で、そんなものは今すぐすべて捨てて遁世せよと言いたくなる時がある……まさに人間兼好法師の迷いの姿、「あやしうこそもの狂ほしけれ」を見る思いです。

教養は「金」だが、実用性に勝る「鉄」には勝てない。
でも、もっと大切な「悟り」というものがあることを覚えておいてほしい。

法然上人の「教えのゆるさ」に圧倒的リスペクト！

仏道修行について面白い話があります。

第三十九段で、ある人が法然上人《ほうねんしょうにん》に「念仏の最中、睡魔におそわれて仏道修行をおろそかにしてしまうことがあるのですが、どうしたら解決できるでしょうか？」と尋ねました。

それに対して法然上人は、こう答えたそうです。

目のさめたらんほど、念仏し給へ。

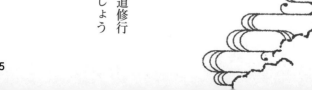

「目が覚めている間、念仏を称《とな》えなさい」

「眠気に襲われたら寝ればいい、起きている間だけ念仏を称えれば十分」というのであれば、ずいぶんいい加減なお勤めでも極楽往生できることになります。

また法然上人は、「極楽往生が確かにあると思えば確かにある、ないと思えばない、そういうものです」とも話され、さらに、**「極楽往生を疑いながらも念仏すれば、それでも十分極楽往生する」**と話されたそうです。

こんな甘々な信仰心でも大丈夫、ということであれば、「これなら、できる!!」と多くの民衆は思ったことでしょう。

兼好法師は法然上人の言葉に対して、**「尊かりけり」**と感想を述べています。

めったに人を褒めないどころか、その人の本性を意地悪く見抜いて馬鹿にする癖《くせ》のある兼好法師（笑）が、法然上人を褒めているというのは、よほど尊敬していたからでしょう。

ちなみに法然上人は、兼好法師より百五十年くらい前の人です。

法然以前の日本仏教は、戒律《かいりつ》重視の教えが中心だったので、ただ「南無阿弥陀《なむあみだ》仏《ぶつ》」を称えさえすれば極楽往生できる、という法然の教えは画期的なものでした。

ここで思い出すのが、法然上人を師と仰いだ親鸞聖人《しんらんしょうにん》の次の言葉です。

善人なほもて往生をとぐ、いはんや悪人をや。

これは、「善人でさえ往生できる。ましてや悪人ならなおさらだ」という意味ですが、常識とは真逆の言葉です。普通なら「悪人なほもて往生をとぐ、いはんや善人をや」となりそうなものです。

「悪人正機説《あくにんしょうきせつ》」とも呼ばれるこの考え方と、兼好法師の紹介した法然上人の言葉とは、相通じるところがあります。

つまり、どんな人でも、どんなやり方でも念仏さえ称えていれば大丈夫、仏さま（ここでは「阿弥陀仏」）が救済する対象であるすべての衆生は、煩悩を持つ

「悪人」であるという前提があるのです。
そもそも「善悪」という対立項は仏教では存在しません。

善悪のふたつ、総じてもって存知《ぞんち》せざるなり。

「善だ悪だと二つ対比させて言うけれど、私はどちらもまったく知らない」という意味ですが、要するに善悪なんて相対的なもので、絶対的な善悪はない、という親鸞聖人の言葉です。

山の行より里の行——それが本物の「悟りの姿」

私たち凡夫《ぼんぷ》は、たまたま現代に生まれ、たまたま同じ場所で生きているに過ぎないちっぽけな存在です。そんな人間が勝手に善悪の判断をし、正義感に駆られて価値観を押し付け合うがゆえに、お互いの首を絞め合う事態になっています。

それもこれも、何か絶対的な「善悪」というものがあり、その二つは対立するものだ、という前提があるからです。

ちょっと考えてみればわかることですが、生まれも育ちも違うはずの人間が、みんな「自分が正しい」という事態は、論理的に成り立たないはずです。

だから、親鸞聖人は「善悪のふたつ、総じてもつて存知せざるなり」と言ったのでしょう。**善も悪も、私はそんなのまったく知ったこっちゃない**、というわけです。

では、煩悩に悩まされている多くの民衆はどうすれば極楽浄土に行けるのか？

その答えとして、法然上人が「眼が覚めている間だけナムアミダブツと念仏を称えればOKだよ」と言ってくれたわけです。兼好法師はそこに本物の悟りの姿を見て、「尊かりけり」と感想を述べたのです。

そもそも、兼好法師の仏道修行に対する姿勢は、山に籠ってやるような究極の荒修行ではありません。

もちろん地位や名誉などを求めるのはもってのほかですが、この世に生きる人間として、自然体のまま無理せず、かといって修行を怠り続けるわけでもなく、「死」を常に意識して仏道修行する、これが理想だったのです。

善人はもちろん、悪人でも極楽往生できる。
だから、普通の人は起きている間、念仏さえ称えていればＯＫだ。

「四十歳になる前に死んだほうが見苦しくない」

第七段は、兼好法師の**「無常観」**が色濃く出た段であり、名文です。

あだし野の露きゆる時なく、鳥部《とりべ》山《やま》の烟《けむり》立ちさらでのみ住みはつるならひならば、いかにもののあはれもなからん。世はさだめなきこそいみじけれ。

「あだし野」は京都の嵯峨野《さがの》にあった墓地、「鳥部山」は京都の東山にあった火葬場です。だから、この二つは人の「死」というものと深く結びついています。

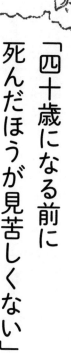

「あだし野」に下りる露や「鳥部山」の煙は、すぐに消え去るはかないもの、つまり人の「死」の象徴です。

ところが、それらがいつまでも消え去らず、人の命も同様に永遠不滅だとすると、「もののあはれ」はなくなってしまう。

この世は「無常」であるからこそよいのだ……兼好法師はそう言います。

人は死ぬからこそ「あはれ」を感じられてよいのだ、この世はすべて「無常」だから素晴らしいのだ、というのは一見逆説に聞こえますが、そこは兼好法師、ちゃんと説明していきます。

——そもそも人の一生は、他の生き物に比べてずいぶんと長い。かげろうは朝に生まれて夕べまでには死ぬし、夏の蟬《せみ》なんて春秋を知らずに死んでいく。それに比べれば一年間暮らせるだけでも十分なはずだ。

いくら長生きしても満足しないならば、千年生きたところで一夜の夢のような気がするに決まっている。長生きするとろくなことはない。年を取って醜《みにく》い姿になってまで生きているのは、生き恥を晒しているようなものではないか、と。

長くとも四十《よそじ》に足らぬほどにて死なんこそ、めやすかるべけれ。

キターーーーッ!!　**兼好法師の決め台詞《ぜりふ》**です。

「四十歳に満たないくらいで死んだほうが見苦しくない」

こう言い切られてしまうと、ドキッとしてしまいます。まして、四十歳をすでに過ぎている人の中には「生きてちゃいけなかったのかな」と不安になる人も出てくるでしょう。

しかし、安心してください!!

兼好法師自身、七十歳くらいまで長生きしましたから（笑）。

そしてこの文章を書いた時、兼好法師はまだ三十歳くらいだったと推察されるところから、**「老醜を晒してまで長生きしたくない」**という理想を語ったものだと思われます。

確かに兼好法師の言うように、年を取ってくると図々しくなり、醜い容貌を恥じる気もなく、ひたすら子孫の繁栄を願う欲張り爺さん婆さんになっていく人が多いように思います。そんな輩《やから》に対して、「もののあはれ」も「無常観」もわからぬ奴らだ、とあきれ顔する兼好法師の気持ちはよくわかります。

第百十三段では、四十歳を越えた人が公然と男女の話や他人のうわさ話をしたり、若い人に交じって冗談口をたたいたりする姿を「見苦しい」と言っていますし、第百七十二段でも、年を取った人が自分の知恵が若者に勝っていることを誇る姿はみっともないことだと批判しています。

兼好法師は、四十歳を過ぎた老人(!!)に対して手厳しいのです。

「三后の父」藤原道長の権勢も一刀両断!

話を「無常観」のほうに戻しましょう。

第二十五段で、この世が無常迅速であることを切々と訴えている中で、**藤原道長**（九六六‐一〇二七）の話が出てきます。

三人の娘を帝に嫁がせることで「三后《さんこう》の父」（三后とは、太皇太后《たいこうたいごう》、皇太后、皇后のこと）となり、栄華の頂点を極めた道長です。

絶大なる権力を誇った藤原道長が詠んだのが、次の有名な歌です。

この世をば　我が世とぞ思ふ　望月の　欠けたることも　なしと思へば

「この世界はすべて私道長のためにあるようなものだ。満月に欠けるところがないように、私は完全に満ち足りているのだから」

帝の外戚《がいせき》となって摂関政治の頂点に立った道長は、「京極殿《きょうごくどの》」という大邸宅（東西一町、南北二町……現在の六千坪以上）を造り、入道となってからは「法《ほう》成寺《じょうじ》」という壮大なお寺の造営に力を注ぎ、そこに住みました。

しかしそれから三百年経ってみると、京極殿は二度焼失し、荒れ果てて廃墟と化しました。法成寺に至っては、道長が出家後に住み、権勢を誇った寺であるにもかかわらず、何度も炎上し、所在地もわからなくなったのです。
だからこそ、兼好法師は言います。

よろづに見ざらん世までを思ひおきてんこそ、はかなかるべけれ。

何事につけても、**自分の死後の、見ることができない世界のことまで処置しておくことは、なんともむなしいことだ**……本当にそうですね。

四十歳に満たないくらいで死んだほうが見苦しくない。
自分の死後のことまで何か処置しておくことは、むなしいことだ。

「花はさかり」「月はくまなき」がいいって、本当？

第百三十七段の冒頭部分、

花はさかりに、月はくまなきをのみ見るものかは。

ここに、江戸時代の有名な国学者である**本居宣長**《もとおりのりなが》（一七三〇 - 一八〇一）が、かみつきました。

――兼好法師は「花は満開の時だけ、月は曇りのない満月だけを愛でるものであろうか。いや、そうではあるまい」と書いている。だが、これは人間本来の心に逆らった利口ぶった心から出た、あと付けの作り物の風流心であって、本物の風流心ではない!!

人の心にさかひたる、のちの世のさかしら心の、つくりみやびにして、まことのみやび心にはあらず。

本居宣長は、『源氏物語』の本質を「もののあはれ」にある、と喝破《かっぱ》したり、『古事記』の研究に長年打ち込んだりと、国学者として超一流の見識を持っていた人です。そんな彼から見ると、**兼好法師の言葉は、単なるひねくれおやじの戯《ざれ》言《ごと》**にしか聞こえなかったのでしょう。

確かに、そう思うのもわかるところがあります。

宣長の言うように、人は普通「真っ盛りの花や、真ん丸な満月」を愛でるものであって、「満開でない桜や、欠けたり陰ったりしている月」に趣があるというのは、ひねくれ者の発想です。

しかし、宣長がかみついた第百三十七段は、『徒然草』の中で最長の文章であり、それだけ兼好法師の思いが込められている意味深い段です。

まず兼好法師は、「花鳥風月」「雪月花」に象徴される古典的な自然美、風流というものに対して疑問を呈します。「花の盛り」と「月のくまなき」だけを美しいと感じるような狭量な形式主義に対して反対するのです。

万《よろず》の事も、始め終りこそをかしけれ。

まだ花が咲く前の梢や、逆に散りしおれた庭などにも風情を感じるものだ、という主張です。

また、男女の仲にしても、結ばれず別れてしまった悲しみをかみしめたり、好きな人に会うことができず、長い夜を一人まんじりともせず明かしたりすることなどにもまた、しみじみとした情趣があるものだと言います。

確かにわからなくもない意見です。要は、どこに風流を感じるかどうかは想像力の問題だ、ということですね。

「祭りのあとの静けさ」に感じる無常

兼好法師は、当時の都の人々にとって最大イベントである「葵祭《あおいまつり》」を取り上げ、大騒ぎのうちに行なわれる祭り見物の人々の俗な様子を描写します。

しかし、祭りが終わると、あれほど大勢の人が集まって騒いでいた通りに誰もいなくなり、**「祭りのあとの静けさ」**が訪れるのです。

このあと、兼好法師の一番言いたいことが書かれます。

――あれほど大勢いた見物人も、いつか必ず全員死んでしまうのだ。**そもそも今日まで生きていたことが奇跡なのであって、この世はすべて「無常」なのだ、**

と。

そして最後に、自らの境遇と人生を引き合いに出して結論付けます。

出家して俗世を離れ、静かな山あいに住んでいても、「無常（死）」という敵は必ずやってくる。死を覚悟して敵陣に向かって進んでいるのと同じように、人生は「死」に直面しているものなのだ、と。

閑《しず》かなる山の奥、無常の敵競《かたききお》ひ来《きた》らざらんや。その死に臨《のぞ》める事、軍《いくさ》の陣《じん》に進めるにおなじ。

宣長の考えは、人のまことの心を前提とした真面目な考え方で、それはそれで正しいものです。兼好法師をまねて、盛りではない「始め終り」を珍重する偏屈があふれ、当たり前に素晴らしいはずの盛りが軽んじられることへの警鐘として、あえて否定してみせたのかもしれません。

ただ、この世に完璧や理想を求めてもそれは不可能です。

この世は、はかなく不完全であり、そこに風情を感じるとともに、最も大切なことは、「死」を常に意識し、この世は「無常」であると知ることではないでしょうか。

すべて、物事は始めと終りが趣深いのだ。
そして、そこに「無常」を感じることが何より大切だ。

「老醜は晒さず」――隠居生活のススメ

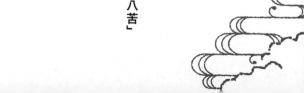

仏教においてこの世の**「苦」**（ドゥッカ dukkha）の分類として**「四苦八苦」**と言われるものがあります。

根本的な苦としての「四苦」とは次の四つのことです。

・生苦＝生まれること
・老苦＝老いること
・病苦＝病気に罹ること
・死苦＝死ぬこと

兼好法師は、この「生老病死」の中でも特に「死」を重く見ていることは何度か説明してきました。そして、次に**「老」**についても何度か言及しています。

第百三十四段で、ある僧侶が鏡を手に取って自分の顔を見た時の話を書いています。

この僧侶は念仏三昧《ざんまい》の日々を過ごしていて、気が付くと老境に入っていました。ある日、鏡で自分の顔をよくよく見たところ、我ながら容貌が醜く、とてもひどい顔であることにショックを受けました。

それ以来、鏡を二度と手にせず、勤行《ごんぎょう》に参加するだけで人と会うこともせず、家の中に閉じ籠ってしまいました。

これに対して兼好法師は、なかなかめったにない素晴らしい心掛けだ、と褒めています。**老醜は晒さず、というのが美学**なのでしょう。

ちなみに、第百五十一段では、五十歳以後は仕事から引退し、世俗と関わることなく隠居生活を送ることを勧めています。

「無駄な欲」を出すから人生が醜くなる

第百三十四段に戻りましょう。兼好法師は続けて言います。

賢そうに見える人でも、他人のことばかり詮索して自分の事は何も知らないようです。自分の事さえ知らないのに、他人の事などわかるわけはありません。だから、自分を知っている人を、物の道理を知っている人ということができます、と。

おのれを知るを、物知れる人といふべし。

これは、ソクラテス言うところの、**「無知の知」**に近い考え方です。

「自分の知が完全ではないということを知っていること自体が知である」という

ことは、逆に言うと「自分は賢いと勝手に思っている人は、実は馬鹿である」ということになります。

兼好法師は、こうした馬鹿な人をコテンパンにやっつけます。「無知の知」の逆で、「○○知らずの馬鹿」の十連発というところです。

自分が醜いことを知らず、心が愚かなのも知らず、芸能の腕前が下手なのも知らず、自分がとるに足りない存在だということも知らず、年老いたことも知らず、病気になることも知らず、死が身近に迫っていることも知らず、仏道修行が足りないことも知らず……こんなふうに自分の欠点を何も知らないのだから、他人が自分を悪く言っていることも知らないでしょう（笑）、と。

最後にオチとして最大の皮肉を言っておしまいです。

では、何も知らず、何もわかっていない馬鹿者はどうしたらいいのでしょうか。

まずはこの僧侶が鏡で自分の顔をよくよく見たように、**自分のことをよーく観察し、年を数え、老いて醜くなった自分を客観視すること**だと兼好法師は言います。

かたちは鏡に見ゆ。年は数へて知る。

そして、できないことはしない、下手なことはやめる、容貌が醜ければ人と交わらないことが大切です。

それなのに、年をとっても多くの人は醜い姿を晒し、薄っぺらな知識を振り回し、未熟な腕前のくせに熟練の人たちと並ぼうとし、白髪頭になっても若者と一緒に何かしたがります。

それだけでも十分罪なのに、まだ満足しないのでしょうか、できもしないことを望み、達成できないと哀しみ、とうてい叶わぬ夢を待ちわびて、他人に対してつまらぬ恐怖心をいだいたり、逆に媚《こ》びへつらったりするのです。

これは、他人から受ける恥ではなく、自身の強欲に引っ張られて、自分で自分を辱《はずかし》めているのです。

このようにつまらない欲望がやまないのは、「死ぬ」という一大事が今目の前にやって来ていることを本当には自覚していないからなのです。

貪《むさぼ》る事のやまざるは、命を終ふる大事、今ここに来《きた》れりと、たしかに知らざればなり。

兼好法師は「死」について常に意識せよ、と言います。そうすることで「生」の意味もわかるし、無駄な欲を出して人生を醜く生きることもなくなる、という前向きな意味を持っているのです。

自分を知っている人は、物の道理をわかっている人だ。老いては老醜を晒さないことが大切だ。

葬式・法要・法事について、もの申す！

「死」についての考察が多い『徒然草』の中でも、第三十段は**人が亡くなったあとの葬式や法要、法事などの行事**について、兼好節が炸裂《さくれつ》している段です。

人のなきあとばかり悲しきはなし。

ズバリ、こうした言葉で始まる段ですが、読み進むにつれ「無常」を痛感することになります。

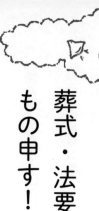

人が亡くなって四十九日までの間を『徒然草』では「中陰《ちゅういん》」と書いていますが、これは人が死してから、次の生を受けるまでの間のことです。

中陰の間は、七日ごとに故人の生前の罪に関する裁きが行なわれ、来世の行き先が決まる最も重要な期間です。その間、葬式から始まって四十九日の法要など、故人の成仏を願い、極楽浄土に行けるように法要を営むので、気ぜわしく日々が過ぎていきます。

この中陰が終わると、一通り終わったということで、集まっていた人たちはもう話すこともなくなり、口をきくでもなく、めいめい勝手に荷造りを済ませ、蜘《く》蛛《も》の子を散らすように帰って行きます。もう疲れ果てているのですね。

「悼んでくれる人」がいなくなったら……

一方、遺族たちは帰宅して緊張から解放され、ここで本当に故人を偲《しの》んで悲しみに暮れます。しかし、故人のことを少しも忘れるわけではないですが、「去る者は日々に疎し」というように、死んだ当時ほどには悲しくなくなってくるのでしょうか、故人に関するとりとめもない話をしては笑う余裕も生まれます。

死者の遺骸《いがい》は人気《ひとけ》のない山の中に埋葬《まいそう》され、遺族がお盆やお彼岸などの決まった日だけお参りをするようになると、間もなく卒塔婆《そとば》（石塔）は苔《こけ》むし、落ち葉に埋まってしまいます。

そうなると、**訪ねる者もなくなり、夕方の嵐や夜の月だけが、故人に対して話しかけてくれるわずかな縁者となる**のです。

夕《ゆうべ》の嵐、夜の月のみぞ、こととふよすがなりける。

こうなってくると、過去のことはどんどん遠ざかっていきます。

故人を思い出して慕ってくれる人がいるうちはまだいいのですが、その人もまもなく世を去ってしまいます。ただ名前を聞き伝えるだけの子孫たちは、その故人のことをいたわしく思うことさえなくなります。

こうして、跡を弔《とむら》うことも絶えてしまうと、いつの時代の誰ともわからなくなります。年々墓場に生える草を、心ある人が感慨深く見るでしょうが、しまいには墓のほとりの松も、千年の寿命を全うせずに薪《まき》として打ち砕《くだ》かれ、古くなった塚も耕されて田んぼになってしまうのです。

かくして、亡き人の墓は跡形もなくなってしまい、「ああ無常（「無情」ではなく）」という結末を迎えます。

そう考えると、葬式やら法要やら法事などというものは、本当に必要な事なのでしょうか。故人に対して心の底からの想いがあるのであれば、形式にとらわれず、生きている間にできることをし続ける、というのが本当の供養なのかもしれませんね。

人が死んで時が経てば、いつの時代の誰ともわからなくなるものだ。お墓を訪れるのは、夕方の嵐や夜の月だけとなっていく。

「定めなきこの世」を一本の川に仮託！

「飛鳥川《あすかがわ》の淵瀬《ふちせ》常《つね》ならぬ世にしあれば」で始まる第二十五段は、『徒然草』の主題である「無常観」を切々と訴えています。

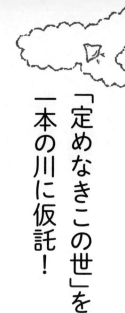

そして、この段には兼好法師の**和歌や漢文に対する知識**がふんだんに盛り込まれていて、見事な和漢混交文で書かれた名文と言えます。音読するとその美文調をよりいっそうわかってもらえると思います。

飛鳥川の淵瀬常ならぬ世にしあれば、時移り事去り、楽しび・悲しび行きかひて、はなやかなりしあたりも人住まぬ野らとなり、変らぬ住家《すみか》は人あらたまりぬ。桃李《とうり》もの言はねば、誰とともにか昔を語らん。まして、見ぬいにしへのやんごとなかりけん跡のみぞ、いとはかなき。

冒頭の「飛鳥川の淵と瀬とがしばしば変わってきたように、この世は定めなきものだから」という箇所は、『古今和歌集』の次の歌を踏まえています。

世の中は　何か常なる　飛鳥川
昨日の淵ぞ　今日は瀬になる　(よみ人知らず)

「飛鳥川」は奈良県を流れる川ですが、よく氾濫《はんらん》して流域の変遷が激しかったことで知られています。川の流れが激しくて、淵（水の深いところ）と瀬（水の浅いところ）が定まらないように、時は移り、事は去り、**楽しみと悲しみとが代わる代わるやって来る、有為転変《ういてんぺん》の世の象徴のような川**です。

清少納言の書いた『枕草子』にも、「河は飛鳥川。淵瀬も定めなく、いかならむ、とあはれなり（五十九段）」とあります。事実、時が経てばあれほど華やかだった貴族の邸も人が住まない野原となり、昔と変わらない住居が残っていると思ったら、中に住む人は変わっている……「あはれ」としか言いようがありません。

兼好法師は言います。

――桃や李《すもも》は昔から咲いているが、ものを言わない。では、いったい誰と一緒に昔を語り合ったらいいのだ。まして見たことのない遠い昔、尊い方が住んでいたという遺跡を見ては、無常を感じるばかりだ。

この部分は、『和漢朗詠集』に載っている菅原文時《ふみとき》の漢詩を踏まえています。

桃李もの言はず　春幾ばくか暮れぬる
煙霞《えんか》跡無し　昔誰か栖《す》みし

鴨長明「ゆく河の流れは絶えずして」が元祖！

こうした「**無常観**」の元祖は、**鴨長明**の『**方丈記**』です。

ゆく河の流れは絶えずして、しかももとの水にあらず。よどみに浮かぶうたかたは、かつ消え、かつ結びて、久しくとどまりたるためしなし。世の中にある人と栖《すみか》と、またかくのごとし。

「流れ過ぎていく河の流れは絶え間なく続いているが、そこを流れる水は決して元の水ではない。その河の水面にできる泡も、一方では消えたり、また一方では新しくできたりを繰り返し、長い間とどまっている例はない。そして実は、この世に生きている人と住まいも、またこの河の流れや泡と同じなのだ」

有名な冒頭部分ですが、「無常観」をこれほどうまく表現した文章はないでしょう。

河（川）を流れる水は同じように見えて常に新しく、淀《よど》みに浮かぶ「泡」は、消えてはでき、できては消えます。それは人の「死」と「生」の象徴です。

ここで鴨長明が天才だと思うのは、「かつ消え、かつ結びて」という部分です。普通であれば「かつ結び、かつ消え」と書くところです。なぜなら、一人の人間の一生は「生→死」だからです。

しかし、「かつ消え、かつ結びて」と書くことで一人の人間の生死ではなく、「死→新しき生」という意味になり、**一人の人間の生死を超えたもっと大きな生命の輪、輪廻《りんね》転生《てんしょう》を表わしています。**

一人の人間の死は、また新しい人間の誕生でもあるのです。

鴨長明も兼好法師も、「死」を最も重視し、それを見つめることで、生きることや、新しき生というものの意味を考えていたのです。

鴨長明はこうも書いています。

知らず、生れ死ぬる人いづかたより来《きた》りて、いづかたへか去る。

一人の人間の生と死は、どこから来て、どこへ去るものか、私は知らないと。

ここで思い出すのが、美空ひばりの生前最後に発表されたシングル作品**『川の流れのように』**です。

この曲の「川」とは、作詞した秋元康氏によると、ニューヨークのイースト川だそうですが（日本の川ではないのが残念ですが）、まさに一人の人間の人生を表わしている曲です。

最初、一滴ずつに過ぎなかった雨が集まってせせらぎを作り、やがて小川になります。そのうち小川の水があちらにぶつかり、こちらにぶつかりながら大きくなって川となり、やがて大河となって最後に海にたどり着くのです。

まさに、**「川」は人生の象徴でもあり、またこの世の「無常」の象徴**でもあります。

ちなみに、この曲は長い時間をかけて売れ続け、ついに『柔《やわら》』を抜いて美空ひばりの最大のヒット曲になりました。

川の淵と瀬がしばしば変わるように、この世は定めなきものだ。
人間の生と死は、どこから来て、どこへ去るものか、私は知らない。

コラム

縁起のいい日、悪い日などない

徹底した合理主義の兼好法師らしいお話がいくつかあるので紹介しましょう。

第九十一段では、**縁起のいい日、悪い日などないのだ**、と言い切っています。

――陰陽道《おんみょうどう》の羅刹神《らせつじん》が支配する「赤舌日《しゃくぜつにち》」という日がある。

昔の人はそんなことなど気にせず暮らしていたが、最近になって「赤舌日」は不吉な日だということになって、忌《い》むようになった。六日に一度あるので、年六十日以上あることになる。

「この日に始めたことは、終わりまで事がうまく運ばず、言ったことや行なったことは思い通りにならず、手に入れた物は紛失し、計画したことは、成功しない」と散々な評判のようだ。なんと馬鹿げた迷信だろう。

赤舌日にやろうと大安吉日を選んでやろうと、**成功、不成功の確率は同じ**はずだ。なぜなら世界は常に不安定で、無常かつ変転しやすいものなのだから、言い出したら毎日「赤舌日」ということになる。

古来、「吉日に悪い行ないをすれば、必ず凶となり、悪い日によい行ないをすれば、結果は必ず吉となる」と言われているように、**物事の吉凶は、それを実行する人によって決まることであって、日柄とは関係ないもの**なのだ。

吉凶は人によりて、日によらず。

現代においてですら、「仏滅」と聞けば凶日だということを知らない人はいないくらいです。兼好法師の生きた南北朝時代にあって、この一言を言い切るのはとても勇気のいることだったと想像されます。

俗世を離れて隠棲している立場、そして徹底した合理主義の兼好法師だから言えた言葉でしょう。

第八十九段において、「**猫また**」という怪獣の話が紹介されます。

「猫また」というのは猫が長い年月を経て成り上がって怪獣となったもので、人を襲ったり食らったりするらしいといううわさが立っていました。中古（平安時代）以来伝承されてきた恐ろしい怪獣です。

それを聞いたお坊さんが、「これは用心しなくては」と恐れていた矢先のこと、夜道を一人で歩いていると、小川のふちに、まさに猫またとおぼしき怪獣がいるではありませんか。

逃げる隙もなく、猫または法師に飛びつき、首を引き裂こうとしてきます。法師は肝をつぶしてしまい、腰が砕けて小川に転げ落ちました。

その時、法師が「助けてくれ！　猫まただ、猫またが出た!!」と大声で叫んだので、近所の住民が松明《たいまつ》を灯して駆けつけてくれ、小川から引っ張りあげてくれました。助かったはいいものの、連歌の賞品としてもらっていたものすべてを水の中に落としてしまいます。

それでも「命あっての物種」。お坊さんは、這《ほ》う這《ほ》うの体《てい》で帰宅しました。

ところが落ち着いて真相を調べてみると、実は、**飼っていた犬がご主人様の帰宅だとわかり、嬉しさのあまりしっぽを振って飛びついた**のだそうです。真っ暗闇だったので、法師は自分自身の飼っている犬だとはわからなかったのです。

「幽霊の正体見たり枯れ尾花」ではありませんが、**疑心暗鬼で物事を見ると想像が膨らんで、ありもしないことを恐れるようになる**ということでしょう。実体は案外なんでもないものだったりするということです。

5章

「住まい」「社交」にも一家言！

——この世は「仮の宿り」のはずなのに……

「こんな家に住んでるなんて、お里が知れるね！」

『徒然草』の中には、**住居にまつわる話**が驚くくらいたくさん出てきます。出家をして現世を「仮《かり》の宿《やど》り」と本当に思っていたのか疑いたくなるくらい、**兼好法師は住まいに関してうるさい人**です。

まず第十段で、兼好法師は言います。

「住居は住む人と調和がとれていて好ましく見えるのがいいのだ。この世は『仮の宿り』に過ぎないとはいうものの、それこそ興趣が感じられるものだ」

家居《いえい》のつきづきしく、あらまほしきこそ、仮の宿りとは思へど、興あるものなれ。

そのあと、兼好法師の筆は「風流人が悠々自適《ゆうゆうじてき》に暮らす風情ある家や庭の様子」をさまざま描写していきます。

わざとらしからぬ庭の草、濡れ縁《えん》や垣の配置の見事さ、そして室内にさりげなく置いてある調度類もなんと奥ゆかしいことか……兼好法師の懐古趣味、渋い好みが出てきていますが、それにしてもまた兼好法師は赤の他人の家を平気で外から盗み見していますね（笑）。

よき人の、のどやかに住みなしたる所は、さし入りたる月の色も、一《ひと》きはしみじみと見ゆるぞかし。

と書いているように、心ある人がのどかに住んでいる家に差し込む月の光が、一際しみじみと感じられる様子を一つの理想としています。**それにひきかえ……と、ダメな住居の様子や庭をこき下ろしもします**。こっちのほうが兼好法師の真骨頂なのかもしれません。

お金をかけて職人に作らせた豪勢な調度類、人工的に手を入れすぎた庭木などは、まったく目も当てられないひどいものだ。いつまでも生きているわけじゃないし、いずれ灰燼《かいじん》に帰すものなのに、そんなに華美にしてどうするんだ、まったく馬鹿馬鹿しい、住居を見れば住んでいる人のお里が知れるね、とコテンパンです。

兼好法師は懐古趣味で、平安王朝文化の雅を好み、風流であることを衣食住の基本としています。

単にお金をかけたり華美であったりする、いわゆる成金趣味の住まいは、高い美意識を持つ兼好法師としては、とても見ていられなかったのでしょう。

「この木がなければ完璧」って、余計なお世話！

続く第十一段も、住居論ですが、これまた犯罪すれすれの盗み見をしています。

兼好法師がある山里の細道を踏み入っていくと、ひっそりと暮らしている風情ある家を見つけます。

「こんなふうにしてでも住めるものなのだなぁ」としみじみ心打たれて眺めていたのですが、たわわに実がなっている「柑子《こうじ》（＝蜜柑《みかん》）の木」の周りを厳重に囲ってあるのを見て興ざめしてしまいます。

この木なからましかばと覚えしか。

ああ残念、この囲ってある蜜柑の木さえなかったら完璧なのに……ということですが、家の持ち主からしたら、余計なお世話でしょう。蜜柑泥棒の被害に毎年遭っている以上、盗まれないよう防御するしかないでしょう。

兼好法師の残念ぶりはわかりますが、そもそも悪いのは泥棒のほうですし、風流だけでは食っていけません。ここは「花より団子」、実利が風流を上回っても致し方ないところです。

住居は、住む人と調和が取れているのがいいものだ。
成金趣味の住まいはとても見ていられない。

京都の「夏の暑さ」は裸になってもしのげないから――

第五十五段で、兼好法師は大胆な住居論を展開します。

家の作りやうは、夏をむねとすべし。冬はいかなる所にも住まる。

夏の暑さをしのげるような構造の家にしておかなければ、とてもじゃないけれど住めたものではない、というのです。さすが兼好法師、二十一世紀の地球温暖化を見越してのセリフでしょうか……という冗談はさておき、この意見には京都

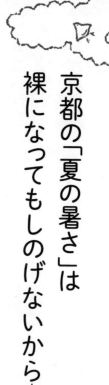

という土地の気候が一役買っています。

京都は盆地なので、夏の暑さは半端ではありません。すり鉢状になっている底のあたりに住むと、マジでなべ底で焼け焦げる感覚を味わうことになります（経験談）。海も遠いので、風もほとんど吹かないという点も、夏の暑さを尋常ならざるものにしています。

ましてエアコンのない時代です。冬の寒さ対策は火を焚いたり厚着をしたりすればなんとかしのげますが、夏の暑さに対しては裸になってもしのげません。団扇《うちわ》や扇子《せんす》なんて気分だけのもので、飾り物に過ぎません。

一方、京都の冬は昔から「底冷《そこび》えどすえ～」と言われていて、実際の温度以下の寒さが感じられるのが特徴です。これは、比叡山から吹いてくる冷たい「比叡おろし」という風がすり鉢状になっている京都の街に吹き下ろすことで、足元がジンジンと冷えてくることに由来しています。これも京都が盆地だからですね。

そうなると夏と冬、どちらを「主とすべし」かなかなか迷うところですが、地球温暖化の現在においては、兼好法師の慧眼《けいがん》恐るべしということで**「夏をむねと**

すべし」が正しいように思います。

「遣り水」が引いてある邸宅が超クール！

そこで兼好法師は書きます。

深き水は涼しげなし。浅くて流れたる、遥《はる》かにすずし。

これは科学的に正しい見解です。水深の深い水があるよりも、浅くても流れている水があるほうが涼しく感じるものです。

平安貴族の邸宅は寝殿《しんでん》造りと呼ばれる造りでしたが、そこでは庭に池を作り「遣《や》り水《みず》」を引くのが定番でした。この遣り水というのは、まさに浅く流れる人工的な川でした。その水の流れで貴族たちは涼を取っていたのですね。

話は少しそれますが、京都の北部に、「京の奥座敷」と言われる貴船という地があります。標高七百メートルある貴船山の中腹あたり、貴船神社近くの「川床《かわどこ》」は、浅く流れる水面に手を伸ばせば届きそうなくらい近く、京都の街中がどんなに暑くても、そこでは京都盆地特有の蒸し暑さも忘れることができるくらい涼しいのです。

そして、そこでいただく京料理はまさに絶品。街中の喧騒《けんそう》から離れ、木々そよぐ風の中、涼しさを感じつつ、貴船川のせせらぎを聴きながらいただく京料理は格別です。まさに兼好法師の言うように、**「浅くて流れたる、遥かにすずし」**を具現化しているのです。

ちなみに有名な京の街中の鴨川のほうは、川沿いに設けられた「高床《たかゆか》」が省略されて「床《ゆか》」や「納涼床《ゆか》」と呼びます。そこでの京料理も、もちろん素晴らしいものです。機会があれば、是非お試しください。

住まいは、夏の暑さをしのげる造りにしておくべきだ。
冬はどこにでも住める。

「友とするにわろき者」――その七つの条件とは？

第百十七段で、兼好法師が友人論を展開しています。まずは友人にしないほうがいいという条件から。

友とするにわろき者、七つあり。

……なんと友とするに悪い条件を七つも挙げていきます。

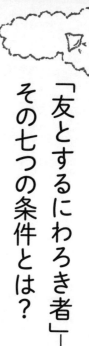

第一に、身分が高い人
第二に、若い人
第三に、病気知らずの頑丈な人
第四に、酒の好きな人
第五に、武勇にはやる武士
第六に、ウソをつく人
第七に、欲張りな人

なるほど、と思わせられるものもありますが、第一に挙げているのが「身分が高い人（＝高くやんごとなき人）」というあたり、兼好法師にどういう意図があるのでしょう。

兼好法師がまだ出家する前、本名の卜部兼好の名で宮仕えをしていた頃、彼は六位の蔵人という地位に就いていました。

「蔵人」というのは、帝にお仕えして秘書的役割を果たす役目です。『枕草子』の中で清少納言が、「蔵人は素敵でカッコいいわ」と絶賛しているように、若き宮仕えの者にとって「蔵人」になることは出世コースに乗ることでした。

なにせ、宮中にお住まいになっている帝に直接会える「殿上人《てんじょうびと》」の一員です。そんな華やかでモテモテの蔵人経験のある兼好が、なぜ「身分が高い人」を友人としないほうがいい、というのか……いや、蔵人経験があるからこそ、その結論に達したのでしょう。

二十代の若者だった卜部兼好が現実に見た、殿上人やさらに上級貴族である上達部《かんだちめ》たち、「高くやんごとなき人」の中には、ろくでもない俗な連中がいたのでしょう。

法師となって自由にモノが言えるようになった兼好としては、もうおべんちゃらを言う必要もなく本音で語れます。**「高くやんごとなき人」こそ最たる俗物**であり、友とするに悪き者の筆頭として挙げたのだと思います。

孔子と兼好法師の「人間観」の違い

ところで、この段は『論語』の「季氏《きし》」をパクっています。

孔子曰く、「益する者三友あり。損する者三友あり」。

ここで**孔子**は、自分にとって得になる友として「性格が真っ直ぐな者」「義理堅い者」「物知り」の三つのタイプを挙げています。逆に、自分にとって損になる友として、「おべっかを言う者」「表向きだけいい顔をする者」「口先のうまい者」の三タイプを挙げています。

孔子は損得それぞれ三タイプずつ挙げたわけですが、兼好法師は「損七に対して得三」というアンバランスです。**悪いほうの比率が圧倒的に高くなっているところが特徴です。**しかも「悪きもの」のほうから挙げていくわけですから、もはやや何をかいわんや（笑）。

第二の「若い人」については、第百七十二段で、若者の欠点をこれでもか、これでもか、と挙げてコテンパンにけなし、「玉を転がしたらそのまま勢いよく砕けるがごとく若者たちは破滅してしまうのだ」という呪詛《じゅそ》のような言葉まで投げかけています。

身を危《あやぶ》めて砕けやすき事、珠《たま》を走らしむるに似たり。

どんな恨みがあったかは知りませんが、兼好法師は、血気にはやって衝動的に行動する若者がよほど嫌いだったようです。

第三の「病気知らずの頑丈な人」が嫌いというのは、兼好法師があまり丈夫ではなく病気がちだったことに由来するのでしょう。病気の痛みや苦しみを理解できず、共感し合えないような健康体の人……その人に罪はありませんが……とは友人になりたくない、という気持ちはわかります。

第四の「酒の好きな人」については、酒の功を認めつつも罪のほうが大きいという結論によるでしょうし、第五の「武勇にはやる武士」も王朝文化大好きな風流人兼好法師としては無粋すぎて友人にしたくない、第六の「ウソをつく人」と第七の「欲張りな人」は言わずもがな、友人失格でしょう。

よき友の条件トップが「物をくれる人」って……

一方、よき友として挙げられている条件は三つです。

第一に、物をくれる友
第二に、医師
第三に、知恵のある友

……ずいぶん現実的ですね。

確かに、これら三つの条件に当てはまる友人は、得になることはあっても損にはならないでしょうが、それにしても一番目に挙げられているのが「物くるる友」とは、予想を裏切る展開です。ここは**兼好法師の現実主義者としての顔が覗く段**と言えます。

孔子が得になる友として挙げた三つのタイプのうち、「物知り」と第三の「知恵のある友」だけは重複していますが、残りの二つは、

兼好法師＝実用的、物質主義

⇔

孔子＝理想主義、精神主義

これくらい真逆です。

兼好法師が『論語』を下敷きにしつつも、これだけ違う友人の条件を挙げたということは、孔子に対して反論したも同然です。

目の前に孔子がいたら、兼好法師は堂々と次のような議論を吹っ掛けたでしょう。

――孔子さん、甘いですよ！

私も若い頃は理想主義だった。『徒然草』の中でも有徳の人を好意的に取り上げた段もある。しかし、多くの裏切りや痛い目に遭ってきた経験上、仕方なく現実主義にならざるを得なかったのだ。

人間という動物は弱い。「性善説」「性悪説」とあるが、私に言わせると人間は**「性弱説」**だ。人は環境によってよくも悪くもなる弱い生き物だ。それが大前提《た》であり、だからこそ、友とするための条件は、実用性が高いか低いか、財物の多寡《か》ということが大切になる。友とするには、それらが高く、多いほうがいいのだ。

望みうる限りよき友を得たうえで、さらにもっと高いレベルの人を友としていく気持ちでいてほしい。

……以上、兼好法師による、孔子への反論でした。

友とするに悪い条件は七つある。
一方、よき友の条件は三つに過ぎない。

「用事が終わったら、さっさと帰って！」

『徒然草』の中で、予想以上に何度も語られているテーマがあります。

それは**「他人との距離の取り方」**です。

考えてみると、俗世を嫌って出家した兼好法師ですが、隠遁生活を四十年も送ったわけですから、現実の世や人との距離の取り方に気を遣ったのは想像に難くないところです。

第百七十段で、兼好法師はこう書きます。

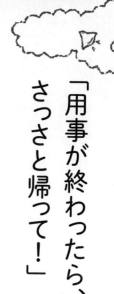

さしたる事なくて人のがり行くは、よからぬ事なり。

「大した用事もないのに人のところに行くのは、よくないことだ」

そうですね、その通りです。そして、もし行ったとしても**「用事が終わったらさっさと帰るべし」**。これもおっしゃる通りです。

お客を迎えるホスト、ホステス側は、来客に対してとても気を遣うものです。だから、あまりに長居されると、いいかげん身も心も疲れてきます。そして万事に差し障りが出るような時の過ごし方をするのは、お互いに無駄なのです。

身も草臥《くたび》れ、心も閑《しずか》ならず、万《よろず》の事障《さわ》りて時を移す、互ひのため益《やく》なし。

だからお客側としては、いくら引き留められてもそれは建前であって本音は違うと知っておくべきで、とにかく長居は無用。そうしないと、少なくとも京都では**「ぶぶ漬け」**が出てきます（いや、本当は出てきません）。

さすがに今では、「京都のぶぶ漬け」の話は過去の都市伝説かもしれませんが、少し前なら、京都の人の家にお邪魔してしばらく経って「ぶぶ漬けでもどうどす？」と言われたら、それは「早く帰りなさい」ということを暗に伝える言葉だというのは本当の話です。**「小腹がすくほど長くあなたは居座っていますよ」**というわけです。

これを知らずに、本当に「ぶぶ漬け」が出てくるものと思って正直に待っているお客は、「空気の読めない人」、アホやなぁと陰であざ笑われたものです。ちなみに「ぶぶ漬け」とはお茶漬けのことです。

関西においても京都以外の人、特に大阪人は京都人のことを「いけず」だと言います。「いけず」というのは「意地が悪い」という意味で、大阪人が本音で話すのとは対照的に、京都人は本音を言わない、言葉には裏があるとかよく言われます。

でも、これは京都人気質と大阪人気質の違いによる差で、どちらがいいとか悪いとかの話ではなく、長い伝統のなせるものです。

兼好法師も書いているように、本当に「同じ心」を持っていて、もっと一緒に話をしていたいと思える客であれば、さっさと帰る必要はありませんが、基本的には人と会って話をするというのはエネルギーを使い、心がすり減るものです。お客が帰ったあと、どっと疲れを感じたという経験をした人も多いでしょう。だから「ぶぶ漬け」の話が出てくる前に、頃合いを見計らってさっさと帰るのが礼儀作法というものです。

これが正しい「忖度」のお作法！

一方、人を自宅に誘う時に、絶妙なタイミングとやり方をして兼好法師をうならせた女性がいます。

第三十六段のお話です。

ある男が、長い間女の家を訪れないでいてしまったので、きっと恨んでいるだろうなと、自分の不精《ぶしょう》さを反省しながら、謝罪の言葉すら見つけられずにいた時のことです。

彼女のほうから、**「暇な下男はいませんか？　いたら、一人紹介してくださいね」**と言ってきてくれたのです。

その男性は感激し、「そういう気の利いた心遣いができる女性は最高ですね」と、兼好法師に語ったそうです。そして兼好法師もその女性の気配りに感動したというのです。

……うむむ、難しいです、兼好法師。

ＫＹ（空気が読めない）はもちろん論外ですが、兼好法師と適切な距離を保ちながらうまくつきあっていくためには、かなりの修行が必要ということです。

第三十七段で書かれている友人間の態度は、「他人との距離の取り方」の難しさの極致とでもいうものです。

兼好法師は言います。

——いつも気兼ねなく慣れ親しんだ友人が、時に気を遣って、特別に改まった様子をするのは「親しき仲にも礼儀あり」の態度で、立派な人に思えるものだ。一方、まだ交際の浅い人が、ふと打ち解けた感じのことを言うのも、気が利いていて心が惹かれる感じがするものだ、と。

つまり、友人間の態度としては、あまり固すぎるばかりではつまらない、かといって「親しき仲にも礼儀あり」の態度を決して忘れてはいけない……**すべては臨機応変、場の雰囲気を読み、相手の気持ちを忖度《そんたく》して対応することが肝心だ、**ということですね。

……他人と交際する前に、その人との距離の取り方を考えるだけで、疲れてしまいそうです。

大した用事もないのに人のところに行くのは、よくないことだ。
他人との距離の取り方は、場の雰囲気を読んで臨機応変に対応するように。

「本当に気の合う人」なんて存在しない!?

兼好法師に先立つこと百年以上前、鴨長明が『方丈記』でこう書いています。

世にしたがへば身くるし。したがはねば狂せるに似たり。

＝世の中の常識に従うと自分の身が窮屈だ。でも世の中の常識に従わないと狂人と似ている（と人の目に映る）。

いったい全体、この世のどこでどうやって生きていけば心安らかな生活ができるのだろう、と長明は懊悩《おうのう》します。

そしてたどり着いた境地が、俗世を離れ、日野山の奥地に結んだわずか方丈の大きさ（約三メートル四方）の庵での閑居な生活でした。

我慢してつきあうくらいなら、孤独のほうがマシ

兼好法師は『方丈記』を読んでいたはずで、長明のこうした嘆きに大きく共感するところがあったと思います。

鴨長明や兼好法師に先立つこと約千年、中国三国時代の思想家で、**阮籍《げんせき》**という人がいました。この人は、**「竹林の七賢」**の一人で、同じく隠遁生活を送っていた他の六人の賢者たちの指導者的人物でした。

阮籍は腐敗し堕落した現世を嫌い、竹林に隠遁して大酒を飲み清談を行なっていました。**たまに俗物が訪ねて来ると「白眼」で対して「帰れ」というメッセージを送り、一方お気に入りのお客が来ると「青眼」で対して歓待した**と言われて

います。

今でも、気に入らない人物に対して冷たい態度を取ることを**「白眼視」**と言いますよね。

第百七十段で兼好法師はこう書いています。

阮籍が青き眼《まなこ》、誰《たれ》もあるべきことなり。

——誰だって本当は、気の合う人と時間を気にすることなくゆっくり話したいもの。約束などなく、大した用事もないのにフラっとやって来て、四方山話《よもやまばなし》をのんびりして帰る人がいるが、これなどは最高。気の置けない友人の最たるものだ。

手紙などでも、「久しくお便りを差し上げていませんので」と相手に負担をかけないよう少し間を置いて送ってくるのは、とても嬉しいものだ、と書いています。

何事も、相手のペースを乱さない、物理的にも精神的にも負担をなるべくかけないという配慮を、兼好法師は**最高の「おもてなし」**と考えているのです。

第十二段で、兼好法師は本音を吐露しています。

おなじ心ならん人としめやかに物語して、をかしき事も、世のはかなき事も、うらなく言ひ慰まんこそうれしかるべき……

――「同じ心」を持つ人とならば、遠慮なくいつまでも話していたい。でも、現実にはそんな気の合う人はいないから、我慢して相手の話につきあうか、気を許して話しているうちに議論になってしまって後悔するか、いずれにせよ、結局誰と話していても一人ぽっちの気がしてくる……確かにその通りです。

だいたい、こちらが「同じ心だ、話していたい」と思っているとして、相手もそう思っている保証があるでしょうか。そうでない場合のきまり悪さや相手の心労を思うと、「違うのなら遠慮なく白眼視してくれ」と頼みたくもなります。

しかしそうなると、本当に気の合う人というのをどこに求めればいいのでしょう。

ひとり灯《ともしび》のもとに文《ふみ》をひろげて、見ぬ世の人を友とするぞ、こよなう慰むわざなる。

第十三段でこう書く兼好法師の最終結論は、現実にいる友ではなく、**書物を通して見知らぬ昔の世の人を友とすることで心慰めるしかないのだ**、という諦念の滲むものです。ちょっと寂しい話ですね。

いつまでも話せるような、本当に気の合う人はいないものだ。
書物を通して、見知らぬ昔の世の人を友とすることで心慰めるのみだ。

「自分のことだけ話し続ける」のは最悪

「文は人なり」と言いますが、**話し方でもその人の人となりがわかる**ものです。

兼好法師は、第五十六段でダメダメな話し方のパターンをいくつか挙げています。

一つ、久しぶりに会った人が、自分のことだけを延々と話し続ける。
一つ、今日あったことを、息をつく暇もなく話して面白がる。
一つ、大勢の中に出て行き、今見ているかのように話を作ってしゃべり散らす。

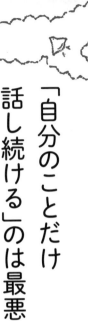

一つ、話の途中で、人の器量のよし悪しを自分の身と比べる。

確かに、どれもダメダメな話し方ですね。

兼好法師は、無教養で品格に欠ける人の話しぶりをひどく嫌悪します。そして、そんな低レベルな話を聞いてゲラゲラと笑い騒ぐ人に対しても批判的です。

これが「教養のある人」の話し方！

気心が知れた人同士でも、久しぶりに会う時は気恥ずかしいものだから、一方的に自分の事ばかりまくしたてたてはいけない、と戒めています。

をかしき事を言ひても、いたく興ぜぬと、興なき事を言ひても、よく笑ふにぞ、品《しな》のほど計られぬべき。

面白いことを聞いてもそれほど面白がらないのと、面白くもないことを聞いてもやたらと笑うのとを見れば、その人の品格のほどがわかってしまうものだ。

……さすが京都人。**話し方、聞き方には「品格」が大切**なのです。

そもそも教養のある人は、大勢の中にいてもまず目の前の一人に向かって静かに話し始めるものだ、と兼好法師は言います。すると話に内容があるので、おのずと近くにいる他の人も聞き入ることになる。

人前にずけずけと出て行って、身振り手振りを交えて人を引き込むのではなく、静かに中身のある話をすることで周りを巻き込んでいく。これが本当に教養のある人の話し方なのだ。

……勉強になります、兼好法師。

話し方でその人の、人となりがわかる。
本当に教養のある人は、静かに中身のある話をして周りを巻き込んでいくものだ。

コラム

「知ったかぶり」をすると痛い目に……

「無常」を主題とする『徒然草』ですが、**兼好法師がお茶目ぶりを発揮しているユーモラスな段**がいくつかあります。

第八十八段もその一つです。

ある者が、小野道風《おののとうふう》の書いた『和漢朗詠集』を秘蔵していることを自慢しました。それを知ったある人が、「四条大納言藤原公任《ふじわらのきんとう》様がご編纂なさった本を、それ以前に他界している小野道風様が書き写しているというのは、時代的に矛盾していてインチキ臭い気がします」と言ったところ、「さすがお目が高い！　だからこそ世にも希《まれ》なる珍品なのでございます」と言って、ますます大切に秘蔵したということです。

はい、座布団一枚!!　というところです。

次に第百三十五段です。

何かと自信満々の資季大納言入道《すけすえ》が、二十五歳下の具氏宰相《ともうじのさいしょう》中将に会った時に、「そなたが質問してくる程度のことだったら、何だって答えてあげましょう」と言ったので、具氏は「私は学がないので、日常生活の中で疑問に感じるどうでもいいことを質問いたします」と答えました。

周りにいた人たちは「面白そうな勝負だから、どうせなら帝の前で勝負させよう」と決め、これは天覧試合となりました。

その席で中将が、「子供の頃から聞き慣れているのですが、意味がわからないことがあります。『ムマノキツリヤウキツニノヲカナカクボレイリクレントウ』と申すことは、どういう意味があるのでしょうか？　教えてください」と質問しました。

大納言は、ぐっとつまって「こんなつまらないことに答えても仕方ありますまい」と誤魔化したので、中将は「**最初から、どうでもいいことを質問しますと約束いたしましたよね**」と申されて大納言の負けが決定し、豪華な食事をご馳走する羽目になったと言います。つまらぬ見栄を張ることの無意味さをユーモラスに描いていますね。これも座布団一枚あげましょう。

ちなみに先ほどの「ムマノキツリヤウ……」という呪文のような言葉は、まったく意味のないものです。知識人ぶっている大納言を、ギャフンと言わせるために作られた創作文言だと思われます。

この話で思い出すのが、近代の文豪、夏目《なつめ》漱石《そうせき》の書いた『吾輩《わがはい》は猫である』の中の、あるシーンです。

苦沙弥《くしゃみ》先生（「猫」の飼い主）の友人である美学者、迷亭《めいてい》先生がある日、西洋料理店に入って、「トチメンボー」という料理を頼みます。見たことも聞いたこともない料理名を聞いて困ったボーイは、「トチメンボーを作るには時間がかかる」とか「あいにく今はトチメンボーの材料を切らしています」などと、料理が出せない言い訳に終始します。

しかし、そもそも「トチメンボー」などという料理は存在しないのです。それなのに知ったかぶりをして、その場しのぎをしようとするボーイ。漱石はこの場面で、**「知らないことを知らない」と素直に認められない人をからかい、暗に批判している**のです。

兼好法師も漱石同様、エセ知識人に対して厳しい目を持っていたのです。

6章

「道」を極めたいなら、こんなふうに

——これが兼好法師の説く「プロ論」！

「ミスは油断した頃やってくる！」

『徒然草』の中で最も有名な段は、おそらく第百九段の**「高名《こうみょう》の木《き》登《のぼ》りといひし男」**のお話ではないでしょうか。

木登り名人が、人に指図して高い木に登って梢を切る仕事をやらせていた時のことです。

とても危なく見える間は何も注意しなかった木登り名人が、もうあと一歩というところまで下りてきた時、その人に向かって「ミスをするな。気を付けて下りてきなさい」と言葉をかけました。

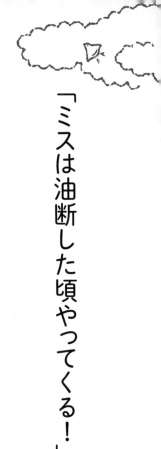

そんな低いところまで下りて来た時だけ注意するなんて不思議だ、と思って理由を尋ねてみると、木登り名人が言うには、「木に登っている本人が危ないと思っている時は、自分で気を付けているから大丈夫なので声をかけません。**過ちは、簡単なところになってやってしまうものなのです**」と答えました。

あやまちは、やすき所になりて、必ず仕《つかまつ》る事に候《そうろう》。

教科書に載っていたり、入試で出題されたりするお話なので、一度は読んだことがある人も多いでしょう。

これを処世訓としてとらえるならば、「失敗は油断する時に生まれるものだ、気を付けよう」であり、四字熟語でいえば「油断大敵」ということになるでしょうか。兼好法師は、こう書き加えています。

「この木登り名人は賤しい下人ではあるけれど、言っていることは徳の高い人の戒めと一致している」

ちょっと上から目線の言葉ですが、それは兼好法師の出自と時代背景を考えると仕方ないとして、『徒然草』の中には、**一道に携わっている者は身分が低くても、素晴らしい知恵を持っているものだ、**というお話が結構あります。

「勝つこと」より「負けないこと」が大事

次の第百十段は**「双六名人《すごろく》」**のお話です。

双六名人に勝つ方法を尋ねたところ、「勝とうと思って打ってはならぬ。負けまいとして打つのがいい」という極意を教えてくれました。

勝たんと打つべからず、負けじと打つべきなり。

これはプロとして生きていくうえで一番大切な心掛けだと思います。

一度や二度勝つくらいは誰でもできることです。「ビギナーズラック」という言葉があるように、ルールもろくにわかっていない初心者が意外に勝ったりするものです。しかし、それを職業として、プロとしてやっていこうとすると、勝つことよりも負けないことのほうが大切になってきます。

何事も持続してやっていくためには、「負けを少なくすること」、これは拝聴に値する金言です。

双六名人のこの言葉に対して兼好法師は、「これは道を知っている者の教えというべきもので、身を修め、国を保っていく道もまた同様である」と最大級の賛辞を贈っています。

「勝とうとするのではなく、負けまいとすること」

これは勝負ごとに限らず、人生をよりよく生きるための極意かもしれません。

一見容易に見えることでも決して手を抜かないこと。
そして、勝負に勝つ極意は、「負けまい」としてやること。

「勝負運」のある人、ない人

第百二十六段において、兼好法師は博打《ばくち》の勝負運というものについて語っています。

負けが込んだ博打打ちが、残ったものをすべて賭けようとする時、それに立ち向かってはいけない、と兼好法師は言います。**手負いの獅子とは戦ってはいけない**、という戒めですね。

その時こそ、勝ち運がその博打打ちに来たと悟ることが大切であり、勝負運が逆転する時を知る、これがプロの勝負師なのだ、と。

その時を知るを、よきばくちと言ふなり。

これは前に紹介した第百十段における「負けまいとして打つのがいい」という極意に通じています。リスク回避の発想です。

こうしてみると、兼好法師はいささか博打に手を染めたことがあるのではないかと疑ってしまいます。少なくとも出家前には博打の経験があるのでしょう。

ただしギャンブルは「極悪大罪」!?

一方で、兼好法師は第百十一段において、

囲碁・双六好みて明かし暮らす人は、四重《しじゅう》・五逆《ごぎゃく》にもまされる悪事とぞ思ふ。

という聖《ひじり》の言葉を紹介しています。囲碁や双六を好んで毎日それればかりやっている人は、四重罪、五逆罪にも勝《まさ》った悪事をやっているというのです。四重罪、五逆罪というのは、殺生や窃盗《せっとう》、父母殺しなどの極悪大罪のことです。

双六名人の言葉を褒めておいて、次の段では双六は悪事だと断罪しているあたり、兼好法師らしいと言えばそれまでですが、矛盾しているようにも取れます。ただ、ここでいう「双六」というゲームは、平安時代に庶民の間で大流行した室内遊戯で、今の子供の遊びとは違うものでした（残念ながら、平安時代の双六のルールというのは完全にはわかっていません）。

当時の双六は、賭事に使われて何度も禁令が出されたくらいのギャンブルだったのです。それで身を持ち崩す人も多数いたようです。そうした点を踏まえて、兼好法師は「四重・五逆にもまされる悪事」と言ったのでしょう。

勝負が逆転する時を知るのが、プロの勝負師だ。
だが、賭け事ばかりやっている人は、何よりもひどい悪事をやっているのだ。

恥ずかしがらず「ひたすら続ける」

第百五十段で、兼好法師は**芸能を上達するためにとても大切なこと**を書いています。

多くの人は、何かの芸能を身に付けようと思った時、まだ下手な段階では人に知られたくないので、まずこっそり練習して上手になってから人前に出て披露しようとします。

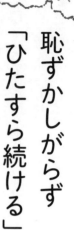

これは当然の反応だと思います。誰でも人前で恥はかきたくないですから。

しかし、兼好法師は言います。「こういう人は、一つの芸も習得できないのだ」と。

かく言ふ人、一芸も習ひ得ることなし。

まさに一刀両断です。

ではは芸能を習得しようと思ったらどうすればいいのでしょう。

兼好法師は言います。**芸能を習得しようと思ったら、まだ未熟な時から、上手な人の中に交じって、馬鹿にされようと笑われようと、恥ずかしがらず平気で過ごして稽古をし続けるべきだ**、と。

仮に生まれつきの才能はなくとも、芸道をたゆむことなく歩み、自分勝手なことをしないで年月を積み重ねていけば、生まれつき器用であっても稽古に打ち込まないような人よりは、結局名手の境地に達し、品格も備わって、世間から立派だと認められ、二人といない上手だという名声を獲得することになる、というのです。

「運根鈍」で言うところの「鈍」に徹すれば、最後には「鋭」や「敏」に勝つことができる、つまり、「平凡さを極めれば非凡になる」わけです。

名将と呼ばれた元プロ野球監督、野村克也氏の言葉があります。

「不器用な人間は苦労するけど、徹してやれば器用な人間より不器用な方が、最後は勝つよ」

坐禅の精神を表わす**「只管打座《しかんたざ》」**という言葉があります。これは「ただひたすらに坐《すわ》る」という意味です。「只管」という漢字は「ひたすら」と読みます。不器用であるということは、「ひたすら」に、そして「一途」に何かをやり続けることです。

器用か不器用かより、不器用でも「ひたすら」に何かをやり続けること、そしてその「ひたすら」さをどこまで持続できるかが、本当のプロになれるかどうかを分けるのだ、と兼好法師も野村元監督も言っているのですね。

ただし「老害」とならぬようご用心！

誰しも人生に迷うことはあるものです。その時、「鈍」の知恵を知っておけばスランプから脱することができるでしょう。

焦らずたゆまず、ゆっくり行っても大丈夫なのです。**どんなに鈍くても決して歩みを止めないこと**。そうすることで、最後の勝利者になれる可能性はとても高くなるのです。

今となっては天下の名人と言われる人でも、始めの頃は下手だと言われ、ひどい辱めを受けたりしているもの。

でも、その人が専門の芸道の戒めを正しく守り、その道を尊重して勝手なふるまいをしなければ、世間に知られる大家として多くの人に師匠と仰がれるようになるのです。

結局、あらゆる芸道において、ウサギと亀の勝負は、亀の勝ちということです。

ただし、第百五十一段にはこう書いてあります。

年五十になるまで上手にいたらざらん芸をば捨つべきなり。

――「鈍」を極めろと言ったものの、五十歳になってもまだ上手の域に達しない場合、その芸は捨てるべき。もはや「老害」となっていることを自覚し、俗事から離れて静かに隠居生活を送るのがいいのだ、と。

恥をかく勇気がない人は、一つの芸も習得できない。「鈍」に徹すれば上手に至る。ただし、五十歳になっても上手に至らない芸は捨てるべきだ。

優れている人ほど、出しゃばらない

第二百三十一段の**「園《その》の別当入道《べっとうにゅうどう》」**の話は、教科書などにも載っている有名なものです。

かつて園の別当入道という比類のない料理人がいました。

ある人の家で立派な鯉《こい》が出てきた時、誰もが皆、別当入道の包丁さばきを見たいと思ったのですが、何せ有名人です、軽々しく頼むのもどうかとためらっていました。

当の別当入道は気の利く人だったので、「この頃、百日間毎日鯉を切る誓いを立てて料理の腕を磨いております。今日だけ休むわけにも参りません。是非その鯉を料理させてください」と言ってみずから鯉を見事にさばきました。

それを見ていたある人が、北山太政入道殿《きたやまのだいじょうにゅうどうどの》に、「その場にふさわしい態度で、さばき方もそれはそれはお見事でした」と感激して申し上げました。

それを聞いた北山太政入道殿は、「このような事は、私には嫌味《いやみ》にしか思えません。『さばくのに適当な人がいなければ下さいませ。私が切りましょう』とだけ言ってさばけばよかったのです。どうして『百日間、鯉を切ろう』などと言ったのでしょうか」と、ぴしゃりとおっしゃったということです。

それを聞いた兼好法師は、北山太政入道殿の言ったことがもっともだと思ったのです。そして、ここから持論を展開します。

――だいたい、**趣向を凝らして人を喜ばせるよりも、面白味がなくても素直で穏当なのが勝っている**ものだ。

大方《おおかた》、ふるまひて興あるよりも、興なくてやすらかなるが、まさりたる事なり。

客人のもてなしなども、それとなく心遣いをするのがいい。人にものを与えるのも、何のきっかけもなくて、ただ「これを差し上げましょう」と言ってプレゼントするのが、本当の好意なのだ。惜しむふりをして、相手から所望されようと思ったり、勝負事に負けた時の懸け物にかこつけたりするのは嫌味なやり方だ、と。

「知ったかぶり」を聞くのは〝いたたまれない苦行〟

第七十九段でも、兼好法師は言います。

――自分の得意分野に関しては、言葉を慎《つつし》み、人から質問されない限り答えないというのが立派な態度というものだ。

中途半端な田舎者に限って、どの道でも極めているかのように話すものだが、聞いているこちらが恥ずかしくなってくる。彼らは自分のことを「立派だ」と思っているから、余計にたちが悪い。

とにかく何事に関しても、知ったかぶりをしないのがよく、そもそも立派な人であれば、自分の専門だからといって物知り顔で語り出すことなどないものだ。第五十七段でも、次のように言っています。

すべて、いとも知らぬ道の物語《ものがたり》したる、かたはらいたく、聞きにくし。

――どんなことでも、よく知りもしない分野についてあれこれわかったようなことを言っているのを聞くと、いたたまれず聞きづらいものだ。

……兼好節、大炸裂です。

自分の得意分野のことでも、出しゃばらないのがいいものだ。
まして、知りもしないことについては語らぬがいい。

「不完全な美」にこそ妙味あり

第八十一段からの三段は、兼好法師の美学がよくわかる内容になっています。一言で言うと、**「不完全な美」**を重んじる考え方です。

兼好法師は言います。

家にある屏風《びょうぶ》や障子の絵や文字が、見苦しい筆遣いで書いてあるのを見ると、見苦しいという以上にその家の主人が下品に思えてきます。また、持っている道具類によって、持ち主がくだらない人だとわかることもあります。

何もそれほど高級品を持たねばならないというわけではありません。壊れないようにと下品に醜く仕立てたり、珍しくしようとして役に立たないものを付け足したりして、コテコテにしてしまっているのがよくないのです。

古風なようでいてそれほど大げさではなく、あまり費用もかけないで、品質の上等な物であればいいのです。

古めかしきやうにて、いたくことことしからず、費《ついえ》もなくて、物がらのよきがよきなり。

何事も「完璧」を求めるのは無粋

続く第八十二段は、こんなお話です。

「薄い絹織物で張られた巻物の表紙は、すぐに傷むので困る」という意見に対して、兼好法師の友人の僧、頓阿《とんあ》が「薄物の表紙は上下がほつれ、螺鈿《らでん》をちりばめた巻物の軸は、貝の落ちたあとこそ風格が出てなんともいいものです」と反論しました。それを聞いた兼好法師は優れた意見だと讃えています。

また、「揃い本などが同じ体裁でないのはみっともない」という意見に対して、弘融僧都《こうゆうそうず》が「全部を一揃いに整えるのは、愚かな者のすることです。不揃いであるほうが慎み深いのです」と言ったのにもいたく感動しています。

そして、**「何でもみな完璧に整えるのは、よくないこと**です。し残している部分をそのままうっちゃっておくほうが、趣があり、先が楽しみなものです。皇居を造営する際も、必ず造り終わらないところを残すものです」というある人の意見を紹介し、「昔の賢人の著した仏典やそれ以外の書物にも、章や段の欠けた部分がずいぶんあるものです」とまとめています。

続く第八十三段で、兼好法師はそれをさらに深化させます。

竹林院入道左大臣殿《ちくりんいんのにゅうどうさだいじんどの》は、太政大臣に昇進するのに何の問題もない経歴の持ち主でした。しかし、「太政大臣になっても、何も珍しいこともあるまい。左大臣でやめておこう」と言って出家してしまいました。洞院左大臣殿《とういんのさだいじんどの》も、この事を聞いて感服し、やはり太政大臣になる望みを持たなかったそうです。

「昇りつめた龍は、もはや下に降りるしかない。あとは悔いだけが残る」と言われています。月は満月になると欠け、物は盛りを極めると衰えるのみ。万事において先が行き詰まっているのは、破綻《はたん》に近づいているということなのです。

第二百二十九段では、兼好法師の言いたいことが一言で書かれています。

よき細工は、少しにぶき刀をつかふといふ。妙観《みようかん》が刀はいたくたたず。

腕利きの細工人は少し切れ味の悪い刀を使うという。名工の妙観が観音像を彫った小刀は、あまり鋭くないということです。

……プロ中のプロのやることは違いますねぇ。

完璧に仕上げるより、少し不完全であるほうが、かえっていいものだ。
腕利きの細工人は少し切れ味の悪い刀を使うという。

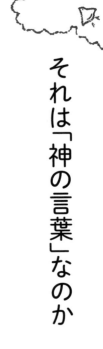

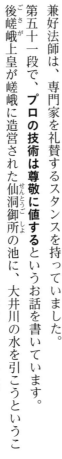

それは「神の言葉」なのか

兼好法師は、専門家を礼賛するスタンスを持っていました。

第五十一段で、**プロの技術は尊敬に値する**というお話を書いています。

後嵯峨《ごさが》上皇が嵯峨に造営された仙洞御所《せんとうごしょ》の池に、大井川の水を引こうということになり、近隣の住民に命令して、水車を建設させた事がありました。

大金をもらった住民たちは数日かけて丁寧に水車を造ったものの、いざ動かしてみると一向に回転しません。

あれこれと修理したのですが、結局回らないので、水車工事は無駄に終わってしまいました。

そこで今度は、古来、水車で有名な宇治《うじ》の村人をお呼びになって水車を建設させたところ、彼らはいとも簡単に完成させ、でき上がった水車はくるくると回りました。

万事において、専門の道をわきまえている者は尊敬に値するものです。


万《よろず》にその道を知れる者は、やんごとなきものなり。


さすがプロ!!

卓越した技術、長年にわたって蓄積してきた匠《たくみ》の技に対して兼好法師は大絶賛です。

第百四十五段と第百四十六段では、**「人相」**という一見オカルト頼みの専門家の言うことが、実は合理的な観察に基づいた占いであることを讃えています。

まず第百四十五段です。

ある人が下野入道信願《しもつけのにゅうどうしんがん》に、「落馬する人相が出ています。十分に用心なさいませ」と言ったのですが、「どうせ当たらないだろう」と内心バカにしていたところ、信願は本当に馬から落ちて死んでしまいました。

人々は、この道何十年の専門家の一言は、神の言葉のようだと感心しました。

あとになってある人が、「信願様にどんな相が出ていたのですか」と尋ねたところ、**「信願様は馬に乗るのにたいそう安定感のない尻つきだったのに、跳ねあがる癖のある馬を好んだので、落馬の相をあてはめたのです」**と言ったそうです。

続く第百四十六段です。

明雲座主《めいうんざす》が、人相見に向かって、「私は、もしかして武器による災難があるだろうか」と尋ねたところ、人相見は、「まさしく、その相が出ています」と申し上げました。

明雲座主が「どんな相が出ているのだ」と聞くと、「本来は戦いで怪我する恐れなどないご身分でありますのに、かりそめにもそのようなことを思いついてお尋ねになるわけですから、これ自体がもう武器による災難の前兆です」と言います。

果たして、明雲座主は矢に当たって亡くなってしまいました。

この二つのお話は、一見神秘的で不合理に思える「人相」においても、その道の専門家が見立てた結論には、しっかりとした合理性と経験の蓄積による根拠があるということを述べています。

「ほこらず、出しゃばらず、謙虚である」とは難しい

「巧みなシロウトと、未熟なプロとを比べてみた時、必ずプロのほうが優れているものだ」と兼好法師は第百八十七段で言います。

プロたるもの、油断せず用心して万全の備えをしてからでないと軽率にはやら

ない、というのに対して、少々器用なことを誇るシロウトは才能に任せて気軽に考え、自由にやってしまうという点が大きく違うのだ、と。

不器用でも慎重であれば成功するのに対して、器用であっても勝手気ままであるのは失敗のもとになる、というわけです。

『徒然草』に書かれている兼好法師の「プロ論」をまとめると、以下のようになります。

・プロになりたければ、**才能はなくとも、ひたむきに努力する**こと。
・未熟でも**人前で恥をかくことを恐れず**、「鈍」に徹して続けること。
・油断せず万全の備えをしたうえで、**実行する時は慎重である**こと。
・「勝つ」ことより**「負けない」ことを重視する**こと。
・**合理的な根拠**に基づくこと。
・**卓越した技術と長年の経験**を持っていること。
・完全であるより、**不完全な美のよさ**を理解していること。

そのうえで、「誇らず」「出しゃばらず」「謙虚であり続ける」。
……そんな人に私はなりたい（笑）。

万事において、専門の道をわきまえている人は尊敬に値するものだ。巧みなシロウトと、未熟なプロとを比べてみると、必ずプロのほうが優れているものだ。

コラム

「仏とはどんなものでしょうか」

『徒然草』の最後を飾る第二百四十三段には、**兼好法師が八歳の時の、父との思い出話**が書かれています。

兼好法師が八歳だった時、父に「**仏とはどんなものでございましょうか**」と聞いたところ、父は、「仏には人間がなったのだよ」と答えました。

続けて、「人間がどうやって仏になりますでしょうか」と聞いたところ、父は、「仏の教えによってなるんだよ」と答えました。

そこでまた、「その仏に教えてくださいました仏を誰が教えましたか」と聞いたところ、父はまたまた、「前の仏の教えを学んで仏におなりになったのだよ」と答えました。

……ここで諦めるような兼好法師ではありません。三つ子の魂百まで。八歳の時、すでに兼好法師は兼好法師です。**「それでは教え始めた最初の仏は、どんな仏でございましたでしょうか」**と問い詰めたところ、さすがに父は困ってしまって、「さて、天から降って来たのであろうか、土から湧いて来たのであろうか」と笑いました。

後日父は、「息子に問い詰められて、答えられなくなってしまったよ」と、大勢に語って喜んでいたということです。

こんなたわいもない話が、古典中の古典である「徒然草」の最後を飾る段に書かれているのです。いったい、どういう意図があるのでしょうか？　まさか、父による息子の自慢話……ではなく、兼好法師が神童だったという話……でもないでしょう。

四十歳を越えた兼好法師が、「つれづれなるままに」筆を執って『徒然草』を書いていた時、**ふと脳裏をよぎったのが幼い頃の父との思い出だった**のでしょう。

幼い息子にやり込められたはずの父が、眼を細めて息子自慢をする親馬鹿ぶりを懐かしみ、父の愛をしみじみと実感したに違いありません。

しかし、同時に、子供の詮索とはいえ、「仏とはどのようなものか」を答えることは不可能であることを皆に知らしめることで、**仏がどのようなものかは、各人それぞれが悟る以外ない**、ということを『徒然草』の最後に書き残したかったのでしょう。

一読すると拍子抜けするように思えますが、実は人間味あふれる『徒然草』の最後を飾るにふさわしい、含蓄に富むエピソードになっているのです。

終わりよければ
すべてよし

【主な参考文献】

『こころ彩る徒然草　兼好さんと、お茶をいっぷく』木村耕一（1万年堂出版）／『徒然草が教える人生の意味　心の座標軸を見つける18章』藤本義一（大和書房）／『五十歳から読む「徒然草」』北連一（廣済堂出版）／『しごとが面白くなる徒然草の知恵　乱世を生き抜くダンディズム』嵐山光三郎（ダイヤモンド社）／『永井路子の方丈記・徒然草』永井路子（集英社）／『仕事は「徒然草」でうまくいく〈超訳〉時を超える兼好さんの教え』沢渡あまね　吉田裕子（技術評論社）／『使える！「徒然草」』齋藤孝、『「徒然草」的生き方　マイナスをプラスに転じる人生論』江坂彰（以上、ＰＨＰ研究所）／『兼好さんの遺言　徒然草が教えてくれるわたしたちの生き方』清川妙（小学館）／『恋の隠し方　兼好と「徒然草」』光田和伸（青草書房）／『兼好法師　徒然草に記されなかった真実』小川剛生（中央公論新社）／『徒然草ＲＥＭＩＸ』酒井順子（新潮社）／『「徒然草」の歴史学』五味文彦、『医説徒然草』小沢昭司（以上、朝日新聞社）／『すらすら読める徒然草』中野孝次、『知ってる古文の知らない魅力』鈴木健一（以上、講談社）／『絵本徒然草　上・下』橋本治・文　田中靖夫・絵（河出書房新社）／『季語で読む徒然草』西村和子（飯塚書店）／『行き詰まったときの兼好さん』田村秀行（すばる舎）／『知識ゼロからの徒然草入門』谷沢永一・著　古谷三敏・画（幻冬舎）／『Essays in Idleness : The Tsurezuregusa of Kenko』Kenko Yoshida・著　Donald Keene・訳（Columbia Univ Pr）

※原文は、『新編日本古典文学全集（44）徒然草』永積安明／校注・訳（小学館）を元にしました。漢字や句読点、仮名遣いなどは、読みやすいように改めました。

本書は、本文庫のために書き下ろされたものです。

眠《ねむ》れないほどおもしろい徒然草《つれづれぐさ》

著者　板野博行（いたの・ひろゆき）
発行者　押鐘太陽
発行所　株式会社三笠書房
〒102-0072 東京都千代田区飯田橋3-3-1
電話　03-5226-5734（営業部）03-5226-5731（編集部）
https://www.mikasashobo.co.jp
印刷　誠宏印刷
製本　ナショナル製本

 ISBN978-4-8379-6959-4 C0195

王様文庫

王様文庫

大好評 ベストセラー！
板野博行の本

眠れないほどおもしろいやばい文豪

文豪たちは、「やばい！」から「すごい！」 ◇炸裂するナルシシズム！ 「みずから神にしたい一人だった」 ◇「女は『神』か『玩具』かのいずれかである」 ◇「純愛一筋」から「火宅の人」に大豹変！ ◇なぞの自信で短歌を連発！ 天才的たかり魔……全部、「小説のネタ」だった⁉

眠れないほどおもしろい百人一首

百花繚乱！ 心ときめく和歌の世界へようこそ！ 恋の喜び・切なさ、四季折々の美に触れる感動、別れの哀しみ、人生の儚さ、世の無常……わずか三十一文字に込められた、日本人の〝今も昔も変わらぬ心〟。王朝のロマン溢れる、ドラマチックな名歌を堪能！

眠れないほどおもしろい源氏物語

マンガ&人物ダイジェストで読む〝王朝ラブ・ストーリー〟！ この一冊で、『源氏物語』のあらすじがわかる！ 光源氏、紫の上、六条御息所、朧月夜、明石の君、浮舟……きっとあなたも、千年の時を超えて共感する姫君や貴公子と出会えるはずです！

眠れないほどおもしろい万葉集

ページをひらいた瞬間「万葉ロマン」の世界が広がる一冊！ ＊『万葉集』の巻頭を飾るのはナンパの歌⁉ ＊ミステリアス美女・額田王の大傑作は「いざ出陣、エイエイオー！」の歌 ＊中臣鎌足の〝ドヤ顔〟が思い浮かぶ歌……あの歌に込められた〝驚きのエピソード〟とは⁉

K40103